KB041134

♥ 문화제 이틀째 만끽! ♥

꿈꾸는 남자는
현실주의자
yumemiru danshi ha
genjitsusyugisya

나츠카와와 아시다가 볼을 착 맞댔다.
둘이 반대쪽 볼에 풍부한 색채의
크레이프를 옆에 댔을 때
하나~ 둘~, 찰칵.

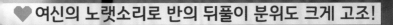
♥ 여신의 노랫소리로 반의 뒤풀이 분위도 크게 고조!
하지만 왜인지 와타루의 모습이……? ♥

"어?! 잠깐……?!"

『에츠고의 여왕이라 불리는
학생회의 홍일점, 사죠 카에데 씨!
아름다운 장미에서 모든 가시를 떼어낸 지금!
에츠고의 여신이 되려 하고 있습니다!』

보는 사람에 따라서는 저게 쿨 뷰티로 보이고 있을 것이다.

하지만 진짜 주목해야 하는 곳은 입가다.

나한테는 보인다고……! 어, 엄청난 속도로 실룩거리고 있어!

「속았다.」

누나의 얼굴에 새까만 마커로 그렇게 세로로 적혀있는 것처럼 보였다.

커버 그림, 본문 일러스트 | **사바미조레**

contents

1장 ♥ ⟨┈┈┈┈┈⟩ ♥ 마음을 알고

　가을이구나, 하고 처음으로 실감하는 건 언제나 10월 중순이다. 이걸 알지 못했던 중학교 1학년 때는 이 시기가 되어도 춘추복으로 갈아입지도 않고 닭살이 돋아 곤두선 팔의 털로 공기를 어루만지면서 걸어 다녔다. 초등학생 시절, 한겨울에 반팔 반바지를 입고 매일 학교에 오던 피구 소년도 슬슬 알아차리기 시작했을 것이다.

　문화제 첫날은 사사키의 여동생인 유키가 실종되기도 하고 사사키의 진지한 연애 상담을 받아주는 등, 뭔가 큰 일들이 있었다. 대체 뭐지, 이 민폐 끼치는 남매는.

　오늘이야말로 느긋하게 즐기고 싶다.

　"오~, 사죠. 너 빈손이냐."

　"그야 아무것도 필요 없잖아."

　"좋겠네~, 귀가부는."

　"시끄러."

　따뜻한 계절이 확 변하였고, 까만 색깔을 띤 교복을 바라보면서 교실에 들어가니 인사 대신 잽을 맞았다. 너무 느긋하게 나왔는지, 칠판 위를 보니 시곗바늘은 평소보다 늦은 시간을 가리키고 있었다. 뭐, 문화제니까 직전이라도 시간을 맞추면 문제없다. 시원한 아침에 아무런 짐도 없이 걷는 건 조금 즐거웠다.

"하이 하이."

"아, 사죠찌네. 무슨 일이야?"

"딱히. 그냥 학교에 왔을 뿐인데?"

"응 응."

"?"

① 아침에 학교에 와서,

② 자기 교실로 간다.

이 당연한 흐름에 의문을 제기한 이유는 뭐냐.

그렇게 생각하고 바라봤는데 창가의 벽에 기댄 아시다는 납득했다는 듯이 고개를 끄덕이고 얼굴의 방향을 원래대로 돌렸다.

말과 시선으로 주물주물 주물린 듯한 느낌이다. 이 녀석 뭐지, 드디어 떨어져 있어도 인싸처럼 행동할 수 있게 된 건가. 한 단계 정도 더 성장할 수 있을 것 같다.

"……아, 안녕."

"응. 어어, 안녕……."

당연한 흐름으로 아시다 앞에 있던 나츠카와를 바라보니, 더할 나위 없이 어색한 느낌으로 인사했다. 그에 이끌려서 내 말꼬리도 흐려져버렸다. 이건 그건가? '이제 와서 평범하게 얼굴을 맞대고 이야기할 수 있다고 생각하지 마라'는 의사 표시인가? 지금이라면 저기 있는 창문을 통해 하늘을 날 수 있을 것 같다.

　——농담이지만. 착한 나츠카와가 그런 생각을 할 리 없다. 아마 몸 상태가 별로라거나 수면 부족이라거나 여자의 민감한 뭔가가 있겠지. 이럴 때는 못 알아차린 척하고 평소 같은 느낌으로 대해야 한다—— 역시 나다, 오늘도 섬세해!

"……."

"……응?"

어, 어라? 혹시 아닌가?

　지금의 나츠카와는 주위 사람들에게 그저 안절부절못하는 것처럼 보일 것이다. 하지만 내가 보기엔 간들간들. 이 품격 넘치는 움직임은 발을 한 번 내딛기만 해도 분명 교실을 한 단계 더 높은 스테이지로 바꿔놓을 것이다. ……혹시 상태가 이상한 건 내가 아닐까?

"어디부터 갈까?"

"노점! 디저트!"

"아침부터?"

"아침부터!"

　블레이저 안주머니에서 꺼낸 문화제 팸플릿을 보면서 물어보니, 아시다가 손을 들고 뿅뿅 뛰면서 희망사항을 말했다. 어째 배구부의 기대 받는 유망주는 체중 증량에 대한 공포가 없는 모양이다. 나이가 같은데 '젊구나'라는 감상이 생겨났다. 남자인 나도 조심하고 있는데. 뭐, 귀가부라서 그렇지만.

"나츠카와는 괜찮아?"

"으, 응……."

"오, 그러고 보니 머리 잘랐어?"

"어……? 안 잘랐는데."

"지금 대충 말한 거지."

애초에 내 센서가 나츠카와의 변화를 놓칠 리가 없는 건에 대하여. 머리를 자르지 않은 것쯤은 처음부터 알고 있었다. 하지만 뭐, 내 센서가 무뎌졌다고 해서 나츠카와의 새로운 매력을 놓치면 싫으니까, 일단은 말이지? 아니, 애초부터 무뎌지지 않았지만?

"어, 어디 이상해?"

"글쎄……."

"아니, 왜 지금 찾는 거야."

합법적으로 나츠카와를 바라볼 기회……! 이걸 놓칠 수는 없다!

최근엔 자리가 앞자리와 뒷자리가 된 탓인지 눈요기를 하지 못했다. 아니, 결코 나츠카와 근처에 앉게 된 게 기쁘지 않은 게 아니지만. 지금까지의 습관이었으니 말이지……내가 생각해도 엄청 징그럽네.

여전히 간들간들한 나츠카와와 눈을 맞추니 도망치듯이

시선을 피했다. 아무래도 내 눈동자에는 바라보기만 해도 의도하지 않고 지속 대미지를 주는 효과가 있는 모양이다. 그만하자, 울고 싶어졌다.

"──응?"

"어?"

"아, 아냐, 아무것도."

"에, 뭐야? 뭔데, 신경 쓰이잖아……."

"아냐 아냐, 아무것도 아니니까."

문득 나츠카와의 입가에서 윤기를 느꼈다. 보니까 입술이 평소 이상으로 촉촉했다. 립크림을 바르기 시작했을 것이다. 그걸 알아차린 것만으로도 상당히 기분 나쁜데 '아, 오늘부터 립 바르기 시작했구나?'라는 말을 어떻게 할 수 있을까. '히익……?!'이라고 할 것 같다.

"아, 안 이상하지?"

"뭐~? 아무 데도 안 이상해~."

"……."

"아니, 미안하다니깐. 괜찮아, 오늘도 귀엽다구."

"……뭐야……."

접이식 손거울과 아시다의 시선으로 더블 체크까지 끝낸 나츠카와는 원망하는 눈초리로 날 올려다봤다. 어쩌면 얼버무리는 건 나쁜 수였을지도 모르겠다.

그렇게 생각해서 칭찬했지만, 나츠카와는 나지막이 불

평하고 고개를 돌려버렸다. 이상하게 경박한 남자처럼 말을 해버렸네…… 거짓말은 안 했지만.

"——그럼, 처음엔 사진 잘 나오는 디저트를 한 손에 들고 한 장 찍자."

"뭐~? 거기에 사쿄찌도 들어가는 거야?"

"눈을 검은 선으로 가려도 괜찮으니까."

"범죄자잖아."

우리 중에선 비교적 SNS에 푹 빠진 아시다. 반 친구의 9할이 팔로워인 이 녀석의 타임라인엔 아무래도 나는 출입금지인 듯하다. 솔직히 나도 여자의 그런 것에 남자의 그림자 따위는 없어도 된다고 생각한다. 그렇네, 카메라맨은 맡겨줘. 배꼽 위치에서 카메라를 들고 찍는 거지, 알고 있어.

어제는 이치노세와 사사키 씨랑 크레이프를 먹었으니 오늘은 다른 디저트를 먹자. 유키? 그건 대체 어떤 개념인지?

분명 밀가루로 만드는 건 왜인지 포장이 종이였으니 컵으로 들 수 있는 게 좋겠다. 그보다 난 그냥 닭튀김 같은 것도 괜찮다. 어차피 타임라인 출입금지니까.

"……."

"……? 뭐야?"

팸플릿에 나와 있는 노점 일람을 이리저리 보다가 아시다가 가만히 쳐다보고 있다는 것을 깨달았다. 이 녀석이

가끔 보내는 의미심장한 시선은 대체 뭐야.

"아니, 꽤나 재밌겠구나~ 싶은 생각이 들어서. 그도 그럴게, 어제 이치노세랑 다른 사람들이랑 재밌게 놀았잖아?"

"어어? 오늘도 재밌게 놀면 되잖아."

"아, 응…… 그렇지."

"얘, 케이……."

"……?"

뭐지……? 아시다뿐만 아니라 나츠카와도 왠지 안색을 살피는 것 같은데…… 혹시 나한테 뭔가 이상한 점이 있다던가? 머리카락은 매일 아침 정리하고 있고, 코털도 괜찮을 거다. 매일 아침 세수할 때 별생각 없이 보고 있으니까. 알았다, 얼굴 조형이구나. 까다롭네.

내 얼굴을 말랑거리며 만지고 있으니 큭큭대며 웃는 소리가 들렸다.

"후훗…… 정말, 아무것도 아니야."

"어?"

시선을 올리니 나츠카와가 입가에 손을 대고 웃고 있었다. 내가 스스로 얼굴을 확인하는 모습이 어지간히 웃겼던 것 같다. 보복인가? 냉정하게 생각해 보니 바보 같은 짓을 하고 있구나……. 이렇게 해서 뭐가 좋아진다는 거냐. 잘생겨지는 것도 아니고. 부끄러워지기 시작했다…….

조금 부끄러워져서 눈을 피하고 있으니, 그런 내 의식을 가져가는 듯한 목소리가 들려왔다.

『──사, 사이토.』

"!"

활기찬 교실 어딘가에서 들려온 목소리에 나도 모르게 몸이 굳었다. 평소 같으면 듣고 싶지도 않을 정도로 밉살스러운 목소리인데 지금은 왜인지 귀에 의식이 집중될 정도로 소리를 주워 담으려 하고 있었다.

커플 성립 일보직전인 사사키와 그런 연애 루키에게 고백했다는 사이토의 목소리였다.

만화였다면 내 귀는 한층 더 커져 있었을 것이다. 사사키는 사이토와의 일로 내가 주목하는 걸 신경 쓰고 있을 것이다. 들키면 나중에 불평할 것 같으니 이런 상황에는 너무 보지 않도록 하자.

『사사키…….』

『그…… 오늘, 시간 있을까…….』

밝은 바깥의 경치를 비추는 유리창은 안쪽을 그다지 반사해주지 않았다. 하지만 내 눈은 나츠카와를 멀리서 바라볼 때와 동등한 힘을 발휘하고 있었다. 유리에 희미하게 비치는 교실 안의 광경을 뇌내에서 보완하는 거다── 젠장……! 바로 앞에 비치는 나츠카와의 옆얼굴이 눈부셔! 눈이 그쪽으로 가버린다!

『응, 괜찮아…… 쭉.』

『어……?』

『언제든, 좋으니까…….』

『사, 사이토…….』

다른 의미로 볼 수 없게 된 것 같은 느낌이 든다.

지금 저 둘을 직시하면 눈도 가슴도 타버릴 것만 같다. 주머니에 사탕이나 초콜릿이라도 있었다면 바로 녹았을 것이다. 다만 사이토에게 그런 여유는 없을지도 모른다. 주변 사람이 보기엔 보면 달달한 분위기를 내고 있을 뿐이지만, 고백에 대한 대답을 제대로 듣지 못해서 애가 탈 것이라는 건 쉽게 짐작이 됐다. 분명 태운 군고구마처럼 씁쓸할 것이다. 내가 생각해도 비유가 형편없다……. 아마배가 고픈 거겠지…….

이렇게 말하는 나도 둘의 앞날이 궁금하지 않다고 하면 거짓말일 것이다. 원래라면 사사키의 연애 사정 따위는 알아서 멋대로 하라는 생각이었지만, 어쩔 수 없었다고는 해도 관여해버렸으니 말이다……. 왜 그런 부끄러운 말을 술술 해버렸을까. 사이토의 사랑을 응원하든 방해하든, 유키의 칼에 찔리거나 말에 차이거나 하는 두 개의 선택지밖에 없는데. 묘하네…… 저 둘의 연애가 날 궁지에 몰아넣고 있는 것 같은데…….

전범은 날 끌어들인 사사키임이 틀림없다. 잠깐만……? 애초에 나한테는 둘의 앞날을 지켜볼 권리가 있지 않나?

둘이 결국 사귀게 되면, 내가 해준 말 덕분에 사사키의 마음이 정해진 것이나 마찬가지니까! 그래, 이렇게 몰래 귀기울여 들을 필요는 없다. 그렇다면 당당하게 모든 것을 엿보고 나중에 철저하게 놀려줘야겠다. 그 녀석이 창피를 한 번 당하지 않으면 마음이 안 풀리니 말이다. 자, 연애 마스터인 나에게 파릇한 봄을 보여주도록 해라……!

『……그럼──.』

"아, 잠깐만── 아니, 너희들 왜 입 다문 채로 굳어있는 거야?"

"……."

"……."

"……."

"어…… 뭐야? 왜 날 째려보는 거야?! 왜 한숨을 쉬는 거야?! 나츠카와까지?!"

우리 옆에 온 마츠다에게 싸늘한 시선을 보냈다. 공교롭게도 여긴 짐이 많이 놓인 공간…… 마츠다에겐 아무런 잘못 없었다. 오히려 여기에 모여 있는 우리에게 잘못이 있었던 것 같다. 한 걸음 슥 걸어 자리를 비켜준 아시다는 더할 나위 없을 정도로 흥이 깨진 표정을 짓고 있었다. 마츠다…… 나츠카와의 싸늘한 시선은 귀중하다고. (※포교)

"……?"

……잠깐만? 이 기색, 둘도 사사키와 사이토 사이에 있

었던 일을 알고 있었나? 나츠카와는 어제 돌아가기 전에 살짝 봤을지도 모르지만…….

여자는 정보가 빠르니…… 사사키가 나 외에 다른 사람에게 말을 하지 않아도 사이토 쪽에서 이야기가 퍼질 가능성도 있나. 입이 가벼워 보이진 않지만…… 조심해야지, 조심해야지.

◆

"자, 그럼 얼굴 붙이고~."

"응— 자, 잠깐만! 왜 쭈그리고 앉는 거야."

"아니, 이렇게 찍는 게 스타일 좋게 찍을 수 있다고 텔레비전에서……."

"좀 더 거리 벌려!"

"사죠찌 변태."

안뜰 한가운데. 크레이프를 손에 들고 볼을 맞대는 나츠카와와 아시다를 찍으려고 쪼그려 앉으니, 나츠카와가 스커트를 누르며 불평했고 아시다는 매도했다. 냉정하게 지금의 자신을 돌이켜보면, 확실히 거리가 코스어에 모여드는 카메라맨과 다를 바 없었다. 위험해라…… 내 본능이 무의식적으로 치마 속을 노리고 있었어.

"케, 케이…… 이거 부끄러워……."

"어? 하지만 제대로 에로한걸?"

"그래서 그런 거야!"

나츠카와가 아시다에게 불평을 한 이유는 스커트 때문이다. 아시다가 사진에 잘 나오기 위해 자기와 나츠카와의 스커트를 올려서 입었기 때문이다. 나츠카와는 당황하면서도 아시다가 해달라고 하니 해준다며 얼굴을 붉히면서 승낙. 내가 무심코 '어? 괜찮아?'라고 말할 뻔한 건 말할 필요도 없을 것이다. 둘의 맨다리가 돋보이는 것도 그렇지만, 얼굴을 새빨갛게 물들이고 쭈뼛거리는 나츠카와의 파괴력이 대단하다. 눈을 돌리라고 하는 게 무리한 이야기다.

그렇다고는 해도 나한테는 기쁨 반, 당혹 반. 나츠카와가 적극적이지 않은 것도 그렇고, 이런 둘의 모습을 주위 사람들이 계속 보는 것도 친한 이성으로서는 심경이 복잡했다. 그래서 내 소원을 담아서 나츠카와를 돕기로 했다.

"그보다 전신은 필요 없지 않아? 둘의 얼굴이랑 크레이프가 들어가면 되잖아."

"음~ 그런가?"

"나츠카와랑 아시다라면 그쪽이 좋겠지. 둘 다 예쁘니까."

"으에?! 그, 그런가…….."

"또, 또 그런 소릴…….."

아주 싫지만은 않은 듯한 아시다의 반응에서 괜찮은 느

낌을 받고 있으니 나츠카와가 불평하면서 뒤로 돌아서 치마 위치를 돌려놨다. 무릎 위의 방어력이 올라가 나도 안심했다. 아시다도 치마를 원래대로 돌려놨으니, 난 빠르게 사진을 찍기로 했다. 아까부터 미묘한 움직임이 너무 많아서 두근거린단 말이다.

"그럼 붙어서."

"어⋯⋯?!"

전신을 찍을 필요 없으니 둘에게 다가가 스마트폰을 댔다. 이번에는 스타일 같은 걸 신경 쓰지 않아도 되니 나도 그렇게까지 화각에 집착할 필요가 없다. 굳이 신경을 쓴다면 뒷배경의 밸런스이려나?

"잠깐, 사죠찌⋯⋯! 이, 일단 쉬지 않을래?"

"크레이프 녹아."

"그, 그렇네."

"자, 나츠카와도. 볼 붙여."

"으, 응⋯⋯ 음⋯⋯."

"으음⋯⋯."

나츠카와와 아시다가 볼을 착 맞댔다. 그때 근거리에서 전해진 요염한 목소리는 그야말로 성인용 ASMR. 둘이 반대쪽 볼에 풍부한 색채의 크레이프를 옆에 댔을 때── 하나~ 둘~, 찰칵.

"어라, 그다지 웃는 얼굴이 아닌─ 오오⋯⋯!"

"······웃······!"

찍힌 사진을 보고 나도 모르게 감탄했다. 처음엔 같은 구도로 깜찍하게 찍히기만 하면 그만이었지만, 결과적으로는 청춘의 새콤달콤함을 응축한 듯한 느낌을 주는 주옥 같은 한 장이 나왔다. 스마트폰 화면을 들여다본 두 사람이 이걸 보고 깜짝 놀란 표정을 지은 건 기분 탓일까.

포즈만 보면 신나게 사진을 찍고 있지만, 표정은 부끄러움을 다 숨기지 못한 둘. 살짝 분홍빛으로 물든 볼과 쑥스러움을 얼버무리듯이 열심히 이쪽을 바라보는 시선이 다른 방향으로 둘의 좋은 모습을 돋보이게 했다. 나츠카와는 당연하지만, 인싸인 아시다도 애절한 듯한 표정을 짓고 있는 게 또 좋았다. 이 작품에 제목을 붙인다면 '키스의 각오'. 이게 바로 서로를 의식한 '여자의 얼굴'이라 할 수 있을 것이다.

"이건 뜰 거야······!"

""지워!""

"아앗······ 내 스마트폰······!"

빼앗겼던 스마트폰이 돌아왔을 때는 이미 아까 찍은 사진이 지워진 후였다. 좋았는데, 라고 말하면서 지운 이유를 물어봤더니 둘은 '안 된다면 안 되는 거야!'라며 얼굴을 새빨갛게 물들이고 말했다. 그렇게 화낼 것 없잖아······. 아니, 냉정하게 생각해보면 그런 둘의 얼굴을 SNS에서 불특정다수의 사람이 보는 건 뭔가 싫을지도 모르겠다.

"세, 셋이서 찍자! 사죠찌도 들어와!"

"어? 나 방해되는 게……."

"괜찮아! 자, 빨리!"

살짝 녹아 약간 윤기를 보이기 시작한 생크림을 보이면서 아시다가 재촉했다.

뭐, SNS에 사진을 올릴지도 모르는 아시다가 괜찮다면 괜찮나.

키 차이와 성별적인 밸런스 때문에 내가 두 사람의 뒤에 서서 센터를 장식하게 됐다. 괜찮은 건가요오? 라고 까불면서 어떻게든 세 사람이 화면에 들어오도록 스마트폰을 잡으려고 하니, 아시다의 스마트폰으로 삭 교체되었다. 쓰는 카메라 앱은 별 차이 없는데, 어째서냐.

아시다의 프로듀스로 난 입에 닭튀김을 물고, 둘은 아까 전과는 달리 거리를 약간 벌리고 비슷한 포즈를 취했다. 내가 스마트폰을 든 오른손을 비스듬히 위로 올리자 괜찮은 느낌으로 모두가 화면에 들어왔다. 음, 잠깐…… 둘이랑 거리가 너무 가까워서 내가 긴장되네……. 둘도 좀 어색한 것 같고.

──에에잇! 될 대로 돼라!

"자! 히~흐(치~즈)!"

"풉……."

기합을 넣어서 찍는다. 들어 올린 스마트폰의 화면에는 닭튀김을 물고 필사적인 표정을 지은 나와 웃음을 터뜨리는 둘이 찍혀있었다. 네네네~, 다시 찍기를 요구합니다~.

"안 돼!"

"해(왜)."

"아무튼!"

아시다에게는 거절당하고 나츠카와에게는 이유 없이 기각당했다. 스마트폰도 빠르게 회수당했고. 나츠카와 씨……? 아까부터 그런 식으로 거절하는 건 아이리의 교육에 안 좋지 않나요……? 둘이 즐거운 것 같으니 전 괜찮지만, 아이리는 납득하지 않는다고요? 어이쿠, 닭튀김이 맛있어서 침이…….

우물우물 먹고 있으니 우리 셋의 메시지 그룹에 아까 찍은 사진이 올라왔다. 웃는 둘에 비해서 필사적인 모습으로 눈을 부릅뜨고 있는 나의 못남이여. 하아.

"…………이거, 괜찮아?"

"어때서? 괜찮은데?"

"그런가…….."

내 못남은 차치하고, 스마트폰을 들고 팔을 뻗는 내가 마치 두 사람을 가슴에 품고 있는 것처럼 보이기도 했다. 이런 사진이 아시다의 SNS에 올라가면 난리 나서 팔로워 줄어드는 것 아닌가? 그런 생각을 하고 만다. 아니, 투고

하지 않으면 그만인 이야기지만.

띠링 하고 알림음이 울리고 스마트폰에 비친 사진이 슬라이드 되었다. 나츠카와와 아시다의 투샷이었다. 아, 내가 이러고 있는 동안에 찍었군요…… 응, 이쪽이 좋은 것 같다.

◆

기념사진을 찍고 우물우물 타임을 끝내자 나츠카와가 다음으로 돌아볼 장소를 제안했다. 아무래도 관심이 가는 행사가 있는 모양이다.

"그림책 서점?"

"응, 재학생의 뜻으로 열게 됐다고, 케이가 말했어."

"호오, 팸플릿에는 안 실려 있구나."

부활동이나 위원회별 기획 리스트는 각 리더만이 가지고 있다고 들었다. 제일 중요한 학교 방문자에게 나눠주지 않는 불친절함. 이건 내년 문화제의 과제가 될 것이다. 아마 더는 내가 관여할 일은 없겠지만.

"부활동 기획은 전부 한 곳에 적혀있으니까~. 적어도 문화계랑 스포츠계 정도는 나누란 말이지."

"알았어. 누나한테 불평해둘게."

"앗……! 하면 안 된다?! 절대로 하면 안 된다?!"

어라? 그건 꼭 불평해달라는 뜻인가?

라고 대답하자 팔을 잡히고 흔들흔들 흔들렸다. 농담이 라며 아시다를 보니 정말로 초조한 것 같았다. 그저 존재하 는 것만으로도 두려움을 사는 학생회 부회장은 대체…… . 그렇게 누나가 무서우면 그 동생인 나에게 잘해야 하는 거 아니냐?

난폭하게 소매를 휘두르는 아시다를 떼어놓았을 때 나 츠카와가 쭈뼛거리면서 물었다.

"그래서…… 가도 괜찮, 을까?"

"물론. 그렇지? 아시다."

"응, 딱히 상관없는데?"

"그…… 관심 없는 거 아닌가 싶어서…… ."

"……어? 내가?"

왜인지 나만을 보고 확인하는 나츠카와. 왠지 무서워하 는 듯한 모습이 뜻밖이라고 해야 할까, 나츠카와가 그렇게 대하는데 짐작 가는 곳이 너무 없어서 나도 모르게 자신을 가리키며 되묻고 말았다.

애초에 그렇게 신경 쓸 일인가? 관심이 있냐고 물어본다 면 딱히 그렇지도 않지만, 그렇다고 즐길 수 없는 건 또 아 니다. 아이리를 생각해서 그림책을 찾아보는 나츠카와를 볼 수 있고, 나나 아시다도 아이리가 좋아할 만한 것을 찾 는 걸 즐길 수 있을 것이다. 나츠카와가 아니더라도 이런 일은 어울려줘야 한다고 생각하고.

　더 의외인 건 나츠카와가 이렇게까지 날 신경 쓴다는 점일까. 아니, 신경 쓰는 것치고는 조금 과한데…… 뭔가 접대받는 것 같아서 몸이 근질근질하다. 거리가 가까워진 듯하면서 멀어진 듯한…….

　살짝 아시다를 보니, 아시다도 조용히 내 대답을 기다리고 있는 듯했다. 보통, 인가……? 평소의 아시다라면 바로 '신경 안 써도 돼~'라면서 끼어들 것 같은데.

　"그런 건 신경 안 써도 돼. 관심 있으니까."

　"으, 응…… 고마워."

　"어, 어어…….

　안도했는지 마음을 놓은 것처럼 미소 짓는 나츠카와. 솔직하게 감사하다는 표현을 들어 동요해버렸다. 반했다는 자각이 있는 만큼, 자신의 체온이 올라갔다는 것을 쉽게 느낄 수 있었다. 하지만 나츠카와에게 반한 지 2년 이상 지난 나, 이런 일로 동요한 모습을 겉으로 드러낼 정도로 어설프진 않다. 냉정함을 가장하고 에스코트하자.

　"그럼, 갈까?"

　"아, 옙."

　나, 나츠카와, 따라간다.

2장 ♥ ⟨⋯⋯⋯⋯⟩ ♥ 여자의 매력

　문예부, 라는 단어를 듣고 먼저 떠오르는 것은 조용한 공간에 가만히 앉아 책을 읽는 광경이었다. 귀에 익은 부이긴 하지만, 나에게 있어서 그 부의 활동 내용은 수수께끼에 감싸인 채로 있었다. 우리 학교에도 과거에 문예부가 있었다고 하지만, 활동 내용이 빈약해서 없어졌다고 한다. 결국 지금은 서클 활동 같은 걸 하고 있는 건가. 재학생의 뜻을 모으며 그림책을 만드는 등 창작 활동도 하는 모양이었다. 이렇게 문화제에서 장소를 확보하고 이벤트도 개최했으니 대약진이라 할 수 있겠다.

　"꽤 붐비네!"

　"그림책이니까."

　보통 서점과는 다른 분위기에 아시다도 나츠카와도 설레는 것 같았다.

　손님층, 이라 해도 좋을지 모르겠지만, 문예에 뜻이 있고 좋아하는 사람들이 꾸며놓은 다목적 홀에는 어린아이가 많았다. 꺅꺅하는 새된 목소리가 흘러넘치는 공간에서 어딘지 그리움마저 느껴졌다. 도서실에서 개최하지 않은 이유가 왠지 이해됐다.

　보니까 이 행사를 연 멤버는 3학년 여자 선배 한 명과

2학년 남녀 각각 한 명, 그리고 1학년 남자 한 명. 총 네 명으로 이루어진 소수정예였다. 독서가는 굳이 따지자면 예술가 기질이라 사교적인 사람은 적은 거로 아는데, 아니나 다를까. 이들도 어머니의 질문과 아이의 천진난만한 행동에 어떻게 대응해야 할지 갈피를 못 잡고 있는 것 같았다.

"오. 역대 수상작 코너래."

"수상? 우리 학교에서?"

"그렇지 않을까……. 어? 이 책…… 어디서 본 것 같은데…….."

"아! 나도 그거 본 적 있어!"

"나도……."

제목은 「손 멍멍이」. 대략적인 줄거리를 라이트노벨풍으로 이야기하자면, 손가락을 이용해 표현한 멍멍이가 현실 세계에 현현해 집을 지키던 중에 외로움을 느끼던 여자아이와 함께 논다는 내용이다. 여자아이는 한바탕 놀고 엄마의 팔 안에서 눈을 뜨며 꿈이었다는 것을 깨닫는다. 하지만 바로 앞을 보니 거기엔 놀랍게도 꿈속에서 나온 멍멍이가……! 그날 이후로 여자아이에게 새로운 가족이 생겼답니다, 라는 아주 뜨거운 전개를 맞이하며 이야기는 끝을 맺는다.

"아마…… 유치원에서 봤던 것 같아. 서로 읽으려고 다 퉜던 기억이……."

"나도. 이거 읽고 강아지 키우고 싶다고 아빠한테 떼썼던 적이 있어."

"……그래서 우리 집에는 없었던 건가."

지역 사람 중에 개파가 많은 건 이 그림책의 영향도 있을지도 모른다. 난 만화의 영향을 받아 고양이파였지만. 누나도 키운다면 페르시안 고양이라면서 고급진 말을 했었으니 고양이파겠지. 본인도 캣파이트가 특기이기도 하고.

"아이리의 취향에 맞는 게 있을까?"

"이제 5살이니까…… 좀 더 상급자 대상인 게 좋을지도."

"으, 응……? 상급자 대상?"

상급자 대상이란…… 틀렸다, 직전에 캣파이트 같은 쓸데없는 생각을 해서 이상한 이미지가 떠오른다. 왠지 모르게 누나가 저면 수플렉스를 쓰는 광경이 머리에 떠올랐다. 가랏, 거기다……!

"음…… 모험 이야기 같은 거?"

"그것도 좋아할 것 같지만, 그림책으로는 별로이지 않을까……. 그, 왜 어린아이나 동물이 탐험하는 이야기라던가…… 가슴이 두근거리는 책 있잖아."

"음, 여기 있는 건…… 다 집에 있는 것 같은데."

"그러면 저기 아이들이 있는 코너에 가서 골라보자."

"잠깐만, 먼저 목소리를 높게 조절할게."

"왜 일부러 목소리를 어리게 하는 거야."

그런 말을 하면서 나는 뜻이 있는 학생이 갈팡질팡하는 코너에 다가갔다. 어린 여자아이가 나를 보더니 움찔, 하고 겁먹은 표정을 짓기에 거기서 벗어났다. 이 감정은…… 슬픔? 난 슬퍼하고 있는 건가?

"겁을 준 거 같은데."

"설명하고 있는 선배들이라면 몰라도 아무것도 아닌 고등학생 셋이 뒤에서 다가오면 그럴 만도 하지."

"나, 나갈까? 학교에서."

"충격을 너무 과하게 받았잖아."

다가가기만 해도 도망치다니, 이젠 아이를 잘 못 본다거나 하는 수준의 이야기가 아니다. 아이리도 날 볼 때마다 '나타났구나, 괴인……!'이라고 생각하는 것처럼 공격하고. 그렇군…… 이젠 순수한 어린아이 앞에서는 누나가(억지로) 끄집어낸 내 잠재능력을 숨길 수 없는 것인가. 마침내…… 이런 영역까지 와버렸군.

나는 뜻이 있는 멤버 중에서 아마 잡일 담당으로 보이는 남학생에게 말을 걸어봤다.

"책이 많네."

"말도 마라. 콩쿠르에 내지도 않을 거면서 충동으로 쓰기도 하다 보니."

역대 수상작과는 달리 다른 그림책은 긴 책상의 책꽂이에 끼워져 있거나 그대로 옆에 놓여 있는 등 잡다하게 있었다. 이상하게 고급스러운 느낌이 있는 새틴 원단 위에 놓인 보물산처럼 보였다. 어쩌면 진짜 명작이 숨겨져 있는 게 아닐까……?

"흐음…… 오. 남자애가 읽을 만한 게 있네."

"앗, 그건……."

어디 보자…… 「전설의 검」.

아주 먼 옛날, 마왕이라는 나쁜 자가 부활하여 세상을 지배하려고 했다. 많은 사람이 마왕에게 맞섰지만, 아무도 쓰러뜨리지 못했다. 그런 때에 시골 마을에서 한 용사가 일어선다.

용사는 정의로운 마음에 눈을 뜨고 마왕을 쓰러뜨리기 위해 전설의 검을 찾는 모험에 나선다. 왕국의 수도를 향해 가고 있는데 숲속에서 여자아이의 비명에 들려왔고——.

"이건……."

"어디 보자…… 2003년쯤에 만들어진 거네."

"오오……."

그렇게 오래된—— 그런가……. 판타지의 시조다.

팔랑팔랑 페이지를 넘기니 그림책의 일러스트라고 하기에는 소년만화틱한 미소녀 일러스트가 그려져 있었다. 그 터치를 보는 것만으로도 노스탤지어한 감각이 내 마음을 물들였다. 아직 난 태어나지도 않았을 때인데.

　이건 어쩌면 보물을 찾은 것일지도 모르겠다. 그림책 사이즈인데 그림책치고는 왠지 모르게 두껍고, 전부 히라가나로 적혀있다는 지옥의 구성을 제외하면 굉장히 가치 있는 물건이 아닐까. 그 수수께끼를 풀기 위해 난 아마존 오지로 향하기로 맹세했다.

　"……."

　페이지를 넘기다 보니 전설의 검의 이름이 '엑스칼리버'라는 걸 알게 되었다. 아무래도 어떤 금속보다도 단단한 드래곤의 소재로 만들어졌고 휘두르면 참격이 날아간다고 한다.

　같은 남자로서 옛날 문예부가 이 명작을 모교에 남긴 용기를 칭찬하고 싶다. 부디 이 책은 팔리지 않고 그대로 남아서 미래에 전해졌으면 좋겠다. 함부로 다뤄서 종이가 상하지 않도록 새틴 원단이 덮인 책상 위에 살짝 돌려놨다.

　"──이거 봐 아이찌. 5살 여자아이가 엄청 잘생긴 왕자님한테 '재밌는 여자'라는 말을 듣고 서로 좋아하게 되는 그림책이 있는데."

　"돌려놔."

　그림책은 심오하구나.

◆

"어떤 그림책이 상을 받았는지 알 것 같아!"

"그냥 모든 연령층을 대상으로 문장을 쓰면 되는 게 아니구나……."

"저런 건 안 돼."

그렇게 말씀하시는 나츠카와의 손에는 우리 학교 한정 귀여운 쇼핑백이. 안에는 두 권 정도의 그림책이 들어있다. 내용은 평범하지만 다른 그림책과 달리 선이 가늘고 예쁜 동물 일러스트가 마음에 들었다고 한다. 이거라면 아이리도 좋아할 거라며 만족스러워했다.

"다음엔 어디 갈래?"

"난 체육관에서 수예·복식부가 주최하는 패션쇼만은 꼭 보고 싶어."

"우와, 사죠찌, 우리랑 있는데 다른 여자를 보고 싶어 하다니."

"그런 거 아니야. 패션쇼에 인기투표가 있는데, 아는 애한테 자기를 선택해달라고 부탁받아서."

문화제 첫날이었던 어제, 도중에 우연히 만난 아가씨, 시노노메 클로딘 마리카에게 부탁받았다. 겨우 이름을 외웠다. 상대는 아직 틀린 이름으로 날 부르지만. 여자에게 부탁받으면 어쩔 수 없다. 응해주는 것이 남자의 귀감이다.

"이왕이면 보고 싶잖아. 패션쇼를 즐기고 싶으면 지금

팸플릿의 QR코드로 투표 앱을 인스톨 해두라고?"

"'부탁받았다'니…… 뭐야 그게, 여자애야? 승부조작이 잖아. 그러고 보니 콘테스트 형식이었지?"

"내가 그런다고 해서 딱히 미스 코에츠로 뽑힐 것 같진 않지만."

참가자는 대체로 3학년 위주다. 뭐, 보통 이런 건 고등 학교 생활의 마지막을 기념해서 하는 거니까. 그런 곳에 뛰어든 1학년 시노노메 아가씨는 분명 강철 멘탈을 가지고 있을 것이다. 그러고 보면 금발 혼혈이니 복식부원들에게 는 더할 나위 없는 모델이로군.

"하지만…… 아직 시간이 조금 있는 것 같아."

팸플릿의 이벤트란을 본 나츠카와가 말했다. 그렇게 대 답해준다는 건 패션쇼를 보러 가는 건 반대하지 않는 모양 이다.

"아! 그럼 먼저 다른 수예부 행사에 가자! '수예부 기획' 이라 적혀있는데 아마 액세서리 같은 거겠지?!"

"어떨까? 가볼까."

"사죠찌도 가자!"

"어? 오늘은 어디 돌아다닐 때마다 동료인지 아닌지 판 정하는 시스템이야?"

즉석으로 맺은 파티에서 도와주는 사람이냐고. 어제는 분명 다른 파티였지만. 탱커는 맡겨주세요. 맷집에는 자신

있어요.

의기양양하게 혼자 가기 시작한 아시다를 황급히 따라 갔다. 아시다가 액세서리를 다는 이미지는 그다지 없었는데 관심 있었구나.

수예부라. 아까 본 문예와는 달리 이쪽은 천을 취급하는 것이라면 뭐든지 광범위하게 한다는 이미지가 있다. 그래서 같은 부활동 속에서 수예와 복식으로 나뉘어 있는 거겠지. 그리고 부원 모두 여성스러울 것 같다. 은 액세서리 같은 것도 있으려나. 아무래도 가격이 비싼 건 없을 것 같지만.

"——이, 있잖아."

"응?"

팔을 쿡 찌르는 느낌이 들어 얼굴을 드니 나츠카와가 옆에서 걷고 있었다. 그림책 서점에 가기 전처럼 안색을 살피는 듯한 표정이었다. 자연스럽게 가까이에서 올려다보는 형태가 되어서 두근두근했다. 기쁜 걸 뛰어넘어서 완전히 심장에 부하가 가해진단 말이지, 이거.

"아까………… '자기를 선택해달라'고."

"으응……? 아아, 패션쇼 말인가……."

당황했다……. 나츠카와가 갑자기 '선택해달라'고 말해서 깜짝 놀라버렸다……. 아까부터 내 마음을 가지고 놀고 있다. 하지만 난 알고 있다. 자연스럽게 그러는 여자는 마성의 여자 같은 게 아니라 좋은 여자라는 것을.

"그거…… 누나야?"

"엉? 아닌데?"

"어어……?"

누나는 애초에 그런 짜고 치는 승부는 하지도 않거니와, 내 선택은 기대조차 안 할 거다. 지금은 학생회 부회장이라는 위치에 있지만, 원래는 불량 청소년인 음지 사람——스스로 사람들 앞에 서서 어필하고 눈에 띄려고 하는 성격이 아니다. 만약 누나가 그런 부탁을 했다면 그런 패션쇼는 보러 가지 않을 것이다.

"그, 그럼…… 시노미야 선배? 다른 선도부원 사람들이라던가……?"

"아아, 아냐, 선배 아니야. 같은 학년."

"같은……?"

"그 왜, 여름방학 전에 본 애 있잖아. 금발 혼혈에 고압적인 아가씨."

1학기 기말고사를 끝낸 후, 일부러 학년 순위 2위였던 나츠카와의 얼굴을 보러 온 아가씨. 나츠카와에게 과하게 시비를 걸었던 기억이 있다. 그러고 보니 학생회 임원이 되고 싶다고 했던가? 그만큼 성적이 좋으면 어쩌면 될지도 모르지.

"금발 혼혈…… 아가씨……."

"모델에 적격이란 말이지~. 서양풍 얼굴이라 해야 할까. 확실히 그런 사람이 한 명만 있어도 파리 컬렉션 느낌이 나서 멋지지."

"……그, 누구 말하는 거야?"

어?

◆

수예부 부원은 여자밖에 없었고, 자존심이 상당히 셀 것 같은 학생이 많았다. 아무래도 옛날부터 '서쪽' 학생이 많은 모양이다. 학생회 일당에게 '동쪽'과의 관계에 대해 들어서 살짝 경계했지만, 차별 없이 대해줬다── 대해줬지만, 꾸미는 것에 대해서는 말이 막힘없이 술술 나왔다. 특히 액세서리를 시착한 아시다에게 세일즈 토크를 할 때는 끼어들 틈조차 없었다.

『네 외모라면 다소 개성을 적극적으로 드러내는 걸 착용해야 해. 살집이 있는 정도나 헤어스타일을 보면 스포츠 쪽 부활동을 하는 것 같은데, 그래서 갭을 느끼게 할 수 있는 여지를 줄 수 있어. 특히 그 연분홍색 입술은 어떤 고급 액세서리보다도 강한 매력을 숨기고 있을 거야. 그렇다면 그건 언제 돋보이게 해야 할까? 바로 지금이야!』

그렇게 고급 보석상의 판매원이 하는 것 같은 해설을 들고 아시다는 상세하게 입에 침이 마르도록 칭찬을 듣고 혼이 빠져 문화제 기획치고는 비싼 귀걸이를 구매. 올바른 착용법 등의 애프터서비스까지 극진하게 받고 지금에 이르렀다. 프로인가? 저 선배의 장래는 분명 안정적이겠지.

"어때 어때? 어울려?"

"응, 귀여워."

"흐흥♪"

"기분 좋아 보이네."

"귀걸이 데뷔니까!"

들떠서 빙빙 도는 아시다는 귀에 작은 진주 귀걸이를 끼고 있었다. 진주라고 해도 모조 같지만, 실물보다 작고 과하게 눈에 안 띄고 옅은 분홍빛이 도는 부분이 아시다의 취향에 맞았던 모양이다.

"아이찌, 찍어줘 찍어줘!"

"응— 자, 치즈."

"에헤~."

"……동영상인데?"

"정말~!"

그렇게 말하면서도 싱글벙글한 아시다. 그런 아시다를 보고 나츠카와도 즐거워졌는지 무심코 장난을 칠 정도로 들떠있었다. 나한테도 해줬으면 좋겠다.

확실히 평소보다 미소가 만개한 아시다는 한순간을 잘

라낸 사진보다 움직이는 게 더 귀여울지도 모른다. 나츠카 와니까 그런 의도도 있었을 것이다.

다시 포즈를 취하고 사진을 찍은 아시다. 나츠카와가 사진을 보정하는 동안 아시다가 나에게 자랑했다.

"흐흥."

"알았어 알았어. 엄청 잘 어울려."

어떠냐, 어울리지! 라고 말하는 것처럼 나에게 자신만만한 얼굴을 보이는 아시다. 여자의 매력이라는 부분에서 아시다가 이렇게까지 자신만만한 것도 드문 일이다. 자각 없는 행동이 전매특허인 아시다가 이렇게 나오면 상당한 강적이다.

"엥~, 대충하지 말고. 좀 더 제대로 칭찬해줘."

"실트에 오를 얼굴이네."

"뭔가 다른데!"

다른 사람도 아닌 내가 나츠카와를 앞에 두고 멋쩍은 걸 숨기려고 아시다한테서 눈을 돌리고 말았다. 조언대로 그 귀걸이가 정말로 아시다의 분홍색 입술을 돋보이게 해주고 있기 때문이다. 나도 모르게 눈이 가버리고 이성의 입술이라서 더더욱 멋쩍었다.

"──있잖아, 사죠찌."

나츠카와를 앞에 두고 아시다를 보고 멋쩍어했던 걸 분하게 여기고 있으니 아시다가 얼굴을 훅 가까이 대서 나도 모르게 움찔했다. 약간 나무라는 듯한 표정이다.

"아이찌한테 뭔가 사주면 좋지 않았을까?"

"아니, 들었잖아. 그 선배가 하는 말."

"그야 그렇지만……."

아시다는 소곤소곤 불만을 토로했지만, 선물에 대해 아무것도 모르는 내가 프로 수준인 선배의 눈앞에서 나츠카와에게 줄 선물을 고를 용기는 없었다. 도와준다면 이야기는 달라지겠지만.

『너한테 어울리는 건 여기에 없어. 그 보석 같은 색깔의 눈동자를 필두로 매력이 넘쳐나지만, 그렇기에 멋을 내기 위해서는 더 이상 늘려선 안 돼. 얄궂은 이야기지만, 맵시 있는 액세서리를 착용할 바에는 볼에 진흙이라도 묻히고 비비는 게 더 아름다움이 돋보일 거야.』

그런 말씀을 지껄여 나츠카와의 풀이 죽은 사건이 있었다. 결코 업신여기고 있는 게 아닌 만큼 화내기 어려웠다. 그리고 물론 나츠카와에겐 진흙을 바르는 그런 사파리틱한 취미는 없다. 손님에게 물건을 팔지 않다니, 프로 실격이잖아. 프로 아니지만.

"그리고…… 나츠카와에게 줄 건 이미 준비해뒀으니까."

"어? 아……."

그랬었지, 라고 말하는 듯한 모습으로 아시다가 걱정스러운 얼굴을 했다. 그렇다, 이번 달 말 핼러윈은 나츠카와의 생일이다. 그날을 위해 준비한 것은 아시다에게만 말했다.

"반지 주는 거, 그만둬야 하나……. 그 선배도 나츠카와한테 액세서리는 안 하는 편이 낫다고 말했잖아."

"아니, 제일 먼저 떠오르는 이유가 그거야? 좀 더 근본적인 문제가 있지 않아?"

"매력이 넘치는 나츠카와에게 더 이상의 반짝임은 부담밖에 안 되는 건가……."

"전혀 다른 부담을 느낄걸."

안쓰러운 것을 보는 듯한 시선을 받았다. 귀걸이에 매달린 작은 진주가 흔들리고 있는 게 눈에 들어왔다. 그리고 어째서인지 내 시선은 아시다의 입술로 갔다. 젠장…… 뭐냐고 그 입술은……! 발칙하다!

아시다는 뭔가 이의가 있는 것 같지만, 내가 작년까지 명품을 선물한 것에 비하면 직접 손으로 만들었다는 점에서는 상당히 나아졌다고 생각한다. 가격만 따지면 일반적인 생일 선물에 어울린다. 단지 준비하는 기간과 수고가 예년과 다를 뿐이다. 반지라는 형태가 된 건 우연의 산물에 불과하다.

"그 선배의 말은 모든 액세서리가 안 어울린다는 뜻이 아닐걸."

"어?"

"은제품이라던가 보석이라던가. 그런 게 안 어울린다는
것뿐이지."

"으, 응? 그래서?"

"——케이, 사진 보냈어."

"엇, 정말?"

"아, 잠깐……."

나츠카와에게 불린 아시다는 스마트폰을 확인하기 시작
했다. 제일 중요한 부분을 못 들었는데. 평범한 남고생에
게 그런 센스는 버겁다. 나츠카와의 생일 전까지 해답에
도달할 필요가 있을 것이다. 아직 시간은 조금 있으니 다
른 타이밍에 새로 물어본다거나.

그런 생각을 하면서 나도 내 스마트폰을 확인했다.

"……어라? 사진은?"

"케이한테만 보냈어."

"아…… 그렇습까."

"뭐야, 갖고 싶어? 내 사진이 갖고 싶어? 보내줄까?"

"은근 열받네……. 그래, 어디 보내 봐라. 이참에 누나가
본받게 해주마."

"무서운 일에 쓰지 마!"

"너, 이제 누나한테 경의 좀 표해라……."

으갸~, 라는 소리를 내면서 아시다가 덤벼들었다. 본인
은 투닥투닥 귀엽게 때린다고 생각하고 있겠지만, 평소에

부활동에서 배구공을 신나게 때리는 아시다의 힘은 남자와 비교해도 손색없어서 평범하게 아프다.

어른 여성이 착용할법한 진주 귀걸이는 아시다의 귓불 아래에서 좀처럼 볼 수 없을 정도로 거칠게 흔들리고 있었다.

3장 ♥ ⟨············⟩ ♥ 코에츠 패션 컬렉션

아시다의 매력이 더욱 돋보이게 된 후, 우리는 짐을 두러 한차례 교실로 돌아갔다.

이제 곧 체육관에서 대망의 패션쇼가 시작된다. 구체적으로는 의상 콘테스트지만. 들어간 돈을 생각하면 이 문화제의 숨겨진 메인이벤트라 해도 과언이 아닐지도 모른다. 과연 어떤 이벤트일까…….

어둡고 소란스러운 체육관에 들어가니, 안은 남자 여자를 가리지 않고 사람으로 넘쳐났다. 스테이지 위를 보니 베이스 드럼을 들고 무거운 듯이 옮기고 있는 남자 선배. 직전까지 밴드 연주라도 하고 있었던 걸지도 모르겠다. 잘 보니 주위에서는 한차례 즐긴 후의 분위기가 느껴졌다.

"혹시 공연도 보고 싶었어?"

"막 그렇게까지는. 보면 재밌었겠지만, 아이찌가 시끄러운 걸 좋아하는 타입은 아니잖아?"

"윽…… 그렇지. 조금 저항감이 있을, 지도…….."

요즘 들어서야 이해했는데, 나츠카와의 행동 기준은 아이리가 즐길 수 있느냐 없느냐에 많이 좌우된다. 페스티벌 같은 소란스러움은 힘들어도 분명 놀이공원처럼 어뮤즈먼트한 소란스러움은 괜찮을 것이다.

스테이지 옆, 재학생용 공간에 아시다, 나츠카와, 나 순서로 나란히 늘어섰다.

"그럼 패션쇼는 괜찮을 것 같아? 일단 여자 대상 이벤트잖아?"

"난 기대돼! 아까 액세서리 고르는 법 같은 것도 들어서 더 기대돼!"

"응. 나도 이런 건 기대돼."

반대로 난 흥미가 있냐는 질문을 받으면 답하기 어려울지도 모르겠다. 시노노메 아가씨한테 부탁받았을 뿐이니까. 주위의 여자 비율이 높아서 눈치가 보인다. 내가 가자고 해놓고 좀 그렇지만. 예쁜 애가 예쁜 옷을 입고 걸어온다는 점 하나에만 기대할 수 있었다.

"어이쿠. 그러고 보니, 앱 앱……."

"아, 맞다. 투표 앱을 깔라고 했지."

"팸플릿의 QR코드로 받을 수 있었지?"

이미 인스톨을 해놨던 내가 둘에게 조작 방법을 가르쳐 줬다. 디자인이 엄청 심플한 급조한 앱이라서 가르쳐야 할 정도는 아니지만. 누가 만들었는지는 나도 모르겠다. 몇 년인가 전부터 있는 모양이다.

"린 님도 나왔으면 좋겠다~."

"그 사람은 그런 타입이 아니잖아……. 나도 보고 싶지만."

"……."

시노미야 선배, 성격이 고지식하니까. 참가했을 가능성
은 적겠지. 만약 그 사람이 나온다면, 이나토미 선배와 미
타 선배의 허리를 안고 '늘 보던 선도부 패밀리'로 나오겠
지. 여자의 새된 비명이 머릿속에 메아리쳤다.

"……누나는?"

"상상도 하고 싶지 않아."

"그렇게 소름 돋는다는 듯이 문지를 것까지는…….'

"자기 누나가 노골적으로 색기를 뿌리면서 걷는 모습을
어떤 얼굴로 보면 되냔 말이야. 프로레슬링 등장 신이라면
이해가 되지만."

"잘 어울릴 것 같은데…….'

나츠카와와 서로 이해하지 못하는 건 슬프지만, 의견이
뒤집힐 만한 이야기가 아니다. 이건 분명 남매 특유의 감
정일 것이다. 자신의 부모나 형제자매가 텔레비전 방송에
서 아이돌로 출연하는 사람은 어떤 심경일까. 분명 복잡하
겠지.

"오오, 굉장하네…….'

문득 시선을 올려 깨닫고 보니 스테이지에는 화려한 장
식이 되어 있었고, 조명의 색깔도 그럴듯하게 바뀌어 있었
다. 방금까지 스테이지 뒤에 장식되어 있었던 흔한 현수막
도 현대적인 거대 스크린으로 바뀌어 있었다. 우리 학교에
저런 게 있었구나.

"시작하는 것 같아……!"

아시다의 설레는 목소리와 함께 아메리칸 팝 뮤직이 흐르기 시작했다.

어딘가에서 들은 적 있는 팝 뮤직과 함께 핑크색 조명이 종횡무진 움직이기 시작하고 스테이지 위의 스크린이 팟 하고 켜졌다.

"와아……!"

"대단해!"

화면 위에서 「KOETSU FASHION COLLECTION」로고가 약동했다. 이거 돈 엄청 많이 든 거 아냐? 문화제 준비로 여러 일이 있었던 사람의 눈으로 보면 운영 측에 엄청난 지원자가 있을 것 같아서 무섭다.

실제 패션쇼 같은 연출에 나츠카와도 아시다도 흥분한 것 같다. 뭐…… 모두가 즐길 수 있다면 신경 쓸 일도 아닌가. 지금은 복식부의 진심을 칭찬하도록 하자.

스테이지 옆에서 나비넥타이를 한 본 적 있는 여자 선배가 반짝반짝하게 데코레이션 된 마이크를 들고 나타났다. 파티피플이잖아. 방송 연극부 사람인데, 개학식이나 종업식 때도 MC의 일원으로서 진행하기 위해 자주 등장했었다. 몇 년 뒤에는 여자 아나운서가 된 모습을 텔레비전에서 볼 수 있을 것 같다.

BGM 소리가 쿵짝쿵짝 하고 빠른 템포로 바뀌었을 때

통상적인 색으로 돌아온 조명이 선배에게 집중되었다.

『패션의 완성은 얼굴이다』. 그런 징크스에 종지부를 찍읍시다. 여러분 안녕하세요. 코에츠 고등학교 방송부 MC 쿠라하시입니다.』

멋지다. 라디오 DJ잖아.

쿠라하시 선배는 파티피플 같은 모습으로 무표정을 유지하고 있었다. 인기가 많은 이유는 분명 저런 갭에 있을 것이다. 억지로 하는 건가? 하는 생각도 들었지만, 마이크를 쥔 손의 각도가 꼭 가요를 소개하는 사람 같았다. 내심 분위기를 타고 있는 게 아닐까…….

『계속해서 변화하는 유행에 우리 학교의 복식부는 많이 휘둘려 왔습니다. 올해도 가을을 맞이했고, 아침에 일어나 텔레비전을 틀어봤더니 작년과 전혀 다른 트렌드가 특집으로 나오고 있었습니다. 그게 어쨌다는 걸까요. 언제나 유행을 만들어내는 건 우리 여고생. 어른들이여, 따라올 수 있습니까—— 우리의 속도에.』

최고로 록하잖아요…….

회장은 뜨겁게 달아올랐다. 나츠카와와 아시다의 반대쪽, 내 왼쪽에서 약간 거리를 두고 서 있던 모르는 여자가 'Yeah—!!'하고 활기차게 소리쳤다. 번쩍 든 팔에 깜짝 놀라서 내가 위축되고 말았다.

여자의 홈 같은 공간이니, 내가 똑같이 신나서 소리치면 나쁜 쪽으로 눈에 띌 것 같네……. 얌전히 보자.

MC쿠라하시의 콜&리스폰스로 분위기는 더욱 고조되었고, 간단하게 투표 앱 설명을 한 후에 BGM이 다시 전환되었다. 드디어 런웨이에서의 퍼포먼스가 시작되는 모양이다.

『자, 우선은 3학년부터 한 명. 작년에는 밝은 머리색에 차이나드레스로 적극적인 차림을 보여줬던 타케모토 메구미 씨! 애를 많이 썼다는 인상을 완전히 숨기지 못했던 작년과는 달리, 올해는 검은 머리 숏컷에 롱코트 군복을 입은 씩씩한 옷차림입니다!』

코스프레잖아!

등장한 선배는 부끄러움 없이 곁눈질하더니 훗 하고 웃으면서…… 자신을 회장에 과시했다. 당당한 모습에서 익숙함이 느껴졌다. 작년에도 이 스테이지를 걸었다고 한다. 스크린에 몇 초 동안 작년의 선배로 보이는 동영상이 흘러갔다. 우오오옷, 차이나드레스! 차이나드레스!

"저, 저런 느낌이구나……."

"핼러윈이 가까우니까~. 그치, 사죠찌."

"어, 어어…… 그렇네."

아시다가 보낸 알 수 없는 압박감에 나도 모르게 대답하길 망설였다. 나츠카와를 사이에 끼고 그런 기습은 삼가시면 안 될까요……. 그, 나츠카와도 힐끔힐끔 여길 보잖아…….

그 뒤로도 몇몇 코스프레 의상이 이어졌고, 후반에는

「미리 되어보는 여대생! 사복 특집」이라는 명목으로 이번에야말로 진짜에 가까운 패션쇼가 시작되었다. 이런 학생 이벤트는 좀 싼 재료로 만든 의상이 많다는 이미지가 있는데, 그렇게는 안 보이네……. 복식부가 얼마나 진심인지 엿볼 수 있었다.

"……."

"……."

문득 오른쪽을 보니 나츠카와도 아시다도 눈부신 듯이 스테이지 위를 보고 있었다. 코스프레 때와는 달리, 다른 의미로 흥미진진한 듯했다. 나츠카와와 아시다의 사복은 아직 저런 느낌이 아니란 말이지. 아직 공부 중인 것일지도 모른다. 유행인가 싶은 걸 대충 사는 내가 할 말은 아니지만.

들키지 않도록 나츠카와의 옆얼굴을 뚫어지게 보고 있으니 MC쿠라하시가 다음 모델을 소개하기 시작했다.

『자, 이어서 1학년부터 시노노메 클로딘 마리카 씨! 이름대로 혼혈 미소녀가 등장했다! 프랑스에서 유래된 자신의 프로모션을 활용해 선배들에게 도전장을 던진다! 과연 그 진가는 발휘될 것인가?!』

"오, 왔다."

들은 적 있는 서양 글자가 섞인 긴 이름. 시험을 칠 때는 이름을 다 써야만 하는 걸까. 고생할 것 같다. 혼혈인 건 알고 있었는데, 프랑스였구나. 평범하게 일본어로 이야기했는데, 외국어 같은 걸 할 수 있을까……. 뭐, 학년 1위니까. 애초에 태어난 곳은 어디일까…….

"사죠찌가 응원하는 애였나?"

"어. 아예 모르는 사이는 아니니까, 어떤 모습으로 나올지 조금 궁금하네."

"음……."

얼굴을 대하고 만나길 몇 번. 지금은 고압적인데 어딘가 얼빠진 안쓰러운 아가씨라는 이미지가 있지만, 서양의 피가 들어간 외모는 확실히 모델을 하기에 딱이다. 승부조작 같은 간계를 쓰고 있지만, 굳이 그런 짓을 하지 않아도 잘하지 않을까. 실력이 어떤지 볼 시간이다.

"자 그럼, 과연──."

"오……."

스테이지에 시선을 돌리고 말을 잃었다.

눈길을 끈 것은 반짝반짝 반짝이는 금발.

오라를 두른 듯한 금발은 소유주의 위풍당당한 걸음걸이에 맞춰 일정한 리듬으로 흔들렸고, 그 뒤로 빛의 입자를 남겼다. 먼지인 것 같은데, 그것조차 남김없이 자신의 매력으로 변화시키는 저 움직임은, 그야말로 칭찬할만한 수준이었다.

"호오……."

감동해서 한숨이 나온 건 처음일지도 모르겠다.

어깨만 살짝 드러난 긴팔 오프화이트 터틀 니트. 갈색 부츠의 힐이 날씬하게 뻗어 나온 긴 다리를 돋보이게 해줬다. 넉넉한 숏팬츠와 뉴스보이 캡에 쓰인 포인트 컬러인 빨간색이 눈에 띄지만, 무엇보다 반짝이는 웨이브가 들어간 금발이 지지 않을 정도로 존재감을 드러내고 있었다.

마치 '귀엽다'가 '아름답다'로 변하는 순간을 엿본 느낌이었다.

"와아……."

"굉장해……."

진짜 모델 뺨치는 광경에 아시다도 나츠카와도 압도된 것 같았다. 주위의 반응도 궁금하지만, 이상하게 시선이 스테이지 위에 있는 빛의 덩어리에 이끌려버렸다.

──진심으로 임했구나, 아가씨.

무심코 그렇게 감탄할 정도의 완성도였다. 나츠카와의 상냥함을 처음으로 접했을 때처럼 고동이 가속되었다. 두 고동의 차이를 든다면, 이는 상냥함이 아닌 매력의 폭력. 아무 말도 못 하게 만드는 존재감으로 다른 사람과의 격의 차이를 보여줬다. 그저 걷기만 해도 퍼포먼스라고 납득하고 마는 건 분명 상당히 대단한 일일 것이다.

"……아, 21번인가."

"저 번호표가 옥에 티네."

"그러게. 저게 없으면 번호를 알 수 없으니까 어쩔 수 없다지만……."

진심으로 임하는 아가씨의 매력에 찬물을 끼얹는 작은 존재. 팍한 검은 글자로 ㉑이라 적힌 둥근 번호표가 아가씨의 허리에 걸려있었다. 뭐, 어쩔 수 없다. 번호를 모르면 투표를 할 수 없으니. 다른 선배들도 같은 조건이다.

몸을 돌린 아가씨는 허리까지 뻗은 금발로 정면을 훑고 당당한 워킹으로 스테이지 안으로 돌아갔다. 진짜 굉장했어……. 애초에 저런 프로모션을 가지고 있으니, 분명 마음만 먹으면 아가씨에게 어울리지 않는 것 따위는 없겠지. 남자인 나조차 부럽다고 느꼈다.

그 뒤로는 스테이지 옆에서 나오는 다른 여자의 퍼포먼스에서는 같은 감동을 느끼지 못했다. 미안하지만 서양 혼혈이라는 얼굴의 조형 차이에서 오는 이점을 최대한으로 살린 아가씨는 반칙급으로 너무 강했다.

자신을 갈고닦은 선배들과 아가씨, 그리고 복식부의 집대성을 끝까지 지켜보자 회장의 조명과 BGM이 차분하게 바뀌었다. 아무래도 출연자의 등장은 이로써 끝인 모양이다.

『회장에 있는 남자아이들은 매력적인 여자아이들에게서 눈을 뗄 수 없었을 겁니다. 그런 당신에게 안타까운 소식이 있습니다. 이 30명 중에서 딱 한 명, 당신이 가장 좋다

고 생각한 사람을 선택해야만 합니다. 자, 도망치지 마십시오. 운명의 시간이 시작됩니다.』

최고였다고, MC쿠라하시.

만족스러운 감사를 담아 엄지를 척 세운 그 너머로 스테이지 양옆에서 모델을 한 선배들이 등장해 나란히 섰다. 드디어 투표 타임인가. 불만은 없다고, 아가씨. 네가 넘버원이다.

"역시 사죠찌의 최애였어. 감동마저 느꼈어."

"그치? 내가 키웠어. 그리고 딱히 최애 아니거든."

"딱히 키우지도 않았잖아."

새침한 나츠카와의 적절한 지적에 찍소리 못하면서 스마트폰을 꺼냈다. 지정된 앱을 켜자 투표 가능한 화면으로 바뀌어 있었다. 모델 이름은 표시되지 않는가……. 어디 보자. 아가씨는 분명 21번이었지. 여기서 틀리면 혼날 것 같다. 알아내진 못하겠지만.

솔직하게 21번에 투표했다. 부탁 같은 건 상관없이 불만의 여지가 없는 결과였다. 하면 되잖아, 아가씨.

나츠카와와 아시다에게 물어보니 두 사람도 아가씨에게 투표한 것 같았다. 같은 1학년이라서 응원하는 마음도 컸던 것 같다. 나도 서양인 혼혈로 태어났으면 좋았을 텐데……. 사죠 부야베스 와타루 이런 식으로. 뭔가 맛있는 냄새가 나는 이름이네……. '부야베스'가 뭐였지.

『자, 지금 투표 시간이 마감되었습니다! 지금 집계중이니 잠시 기다려주십시오!』

"달리 아는 사람은 없었네~. 린 님이라던가."

"나오면 분명 남장 했겠지. 집사복이라던가. 새된 비명이 터져 나오는 광경이 눈에 선해……."

"그만해~, 더 보고 싶어지잖아."

"다음에 부탁해볼게."

"정말?!"

"할 수 있어 할 수 있어. 아마 쉽게 될 거야."

"너, 선배를 뭐라고 생각하는 거야……."

그런 이야기를 하고 있으니 BGM 소리가 다시 커지고 스테이지 위를 비추는 조명도 함께 강해졌다. 스테이지 옆에서 퍼포먼스를 한 출연자가 순서대로 나와 앞에 있는 스테이지에 늘어섰다. 그중에서도 역시 금발 혼혈 아가씨는 이채를 띠고 있는 것처럼 보였다. 무엇보다 자신의 성과에 대만족했는지 의기양양한 얼굴로 허리에 손을 대고 있었다. 마지막까지 얌전한 표정을 지으라고.

그때 아가씨가 관객석을 두리번거리며 뭔가를 찾기 시작했다.

"저건…… 날 찾고 있는 건가?!"

"아니지."

"아니지."

기대해도 괜찮잖아!

둘에게 냉담한 시선을 받고 있는데 그런 우리가 눈에 띄었는지 정말로 스테이지 위에 있는 아가씨와 눈이 맞았다. 모르는 사이도 아니니 멋있는 표정으로 엄지를 척 세워줬다.

"'너 아니거든'이라는 표정인데, 쟤."

"아니, 저건 부끄러운 걸 숨기려고 하는 거야. 난 알 수 있어."

"아니잖아."

"그러고 보니…… 상당히 새침한 애였던 것 같은데……."

내가 최대한으로 부린 허세도 전부 부정당했고, 아가씨는 누군가를 찾는 걸 포기했는지 가만히 정면을 보며 마네킹이 되었다. 왜 약간 불만스러운 거지.

『지금 투표 집계가 완료되었습니다. 그럼! 결과 발표로 넘어가겠습니다!』

주위가 왁자지껄 시끄러워졌다. 누가 가장 좋은 퍼포먼스를 보여줬는지 궁금할 것이다. 남자의 시선과 여자의 시선은 평가 기준이 다르니, 시선을 빼앗기기만 했던 나와는 달리 의외로 표가 흩어질 가능성이 있다. 자, 아가씨…… 1위가 될 것인가?

『코에츠 고등학교 제49회 문화제— 코에츠 패션쇼! 올해의 최우수상에 빛나는 여자아이는 대체 누구인가! 자! 결과는!』

　회장 전체가 어두워지고 드럼롤이 울려 퍼졌다. 체육관 위에서 조명 담당이 열심히 라이트를 '8'자로 움직이고 있었다. 저거 해보고 싶네…….

『최우수상은── 이분입니다!』

　빵, 하는 드럼의 스트로크와 함께 모든 조명이 한 다발이 되고 한 줄기 빛이 되어 어느 한 곳을 비췄다. 그 끝에 있는 사람은──.

『참가 번호 21번! 1학년 때부터 첫 입상! 시노노메 클로딘 마리카 씨입니다!』

　"오오……."

　회장 전체에서 환성과 박수가 일었다. 휙 휙 하는 손가락으로 휘파람을 보는 소리가 곳곳에서 울렸다. 아무래도 관객 모두가 불만이 없는 결과가 나온 것 같다. 좋아, 나도 하자! 쉭~! 쉭~! 좋아! 얌전히 박수를 보내자!

　"대단했지~, 사전에 수작을 부린 것과는 상관없이 두말할 필요도 없는 1위였어."

　"열심히 했겠지."

　"내년에 나갈래?"

　"어? 그건 좀…… 아이찌, 잘 부탁해."

　"나, 나……?! 하지만 난 키라던가…… 그리고 사람들 앞에 서는 건 좀……."

"괜찮아, 내가 100표 던져둘 테니까."

"부정표잖아……!"

스테이지 위에선 아가씨가 양옆의 선배에게 축복을 받고 있었다. 보통은 '1학년 따위가 건방지게……' 같은 느낌이 될 것 같은 상황인데, 상당히 열심히 하는 모습을 보여줬을 것이다. 분명 결과뿐만 아니라 내가 모르는 스토리가 있었을 것이다.

무대 옆에서 복식부의 부장이 나타나 아가씨에게 유리로 된 트로피를 건네줬다. 왠지 모르게 아가씨가 살짝 눈물을 글썽이는 것처럼 보였다. 어떤 배경이 있었는지는 모르겠지만, 나중에 축하한다는 말이라도 하러 갈까. 우쭐한 얼굴로 자랑할 것 같지만.

"이야…… 딱하고 안타까운 아가씨라 생각하고 있었는데—— 어?"

"어, 뭐야?!"

그 순간—— 회장의 조명이 꺼져 캄캄해졌다. 갑작스럽게 깔린 어둠에 주위에서 동요하는 목소리가 퍼졌다. 누군가가 내 오른팔을 꼭 잡았다. 방향을 생각해보면 나츠카와밖에 없다. 목숨과 바꿔서라도 지켜내겠습니다. 자, 어떤 놈이라도 덤벼라.

『이럴 수가, 갑작스러운 암전! 이건 해프닝일까요?! 아무래도 코에츠의 신이 아직 끝내지 않았으면 좋겠다고 떼를 쓰고 있는 것 같습니다!』

진짜냐고, 신.

신의 장난에 의해 어둠에 휩싸인 우리. 아무래도 회장에 갇힌 것 같다. 지금부터 데스게임이 시작되는 것 같다. 난 나츠카와를 지키기 위해 목숨을 내놓기로 했다. 내세에 또 만나자.

──이런 농담은 제쳐두고, MC쿠라하시의 작위적인 말투로 보건대 처음부터 계획된 암전인 듯했다. 아마 라이브의 앙코르 같은 뭔가가 우릴 기다리고 있는 것 같다. 패션쇼의 서프라이즈는 뭘까……. 연예인 등장이라던가? 진짜 모델이 나오거나 하는 건가? 아니면 여배우라던가?

『스테이지 위에 조명이 켜졌다! 검은 암막이 뭔가를 숨기고 있습니다! 대체 그 너머에는 뭐가 있는 걸까요?!』

엄청난 연출이다. 스테이지 위에 늘어선 출연자들이 황급히 암막 앞에서 비켰다. 분명 그 너머에는 거물인 누군가가 있을 것이다. 실루엣조차 보여주지 않는 관객들에게 죄스러운 짓을 하고 있다. 그렇게 기대감을 높여도 괜찮은가? 노란 정장을 입은 아저씨*가 양손을 권총 모양으로 만들고 들이대기만 하면 대형사고라고?

『그럼 막을 걷겠습니다! 오늘의 마지막을 장식하는 것은 이분들입니다──!』

---

*댄디 사카노. 일본의 만담가, 코미디언이다. 양손을 권총 모양으로 만들고 들이대며 겟츠! 라고 외치는 포즈가 유명하다.

잘나가는 코미디언? 아니면 아키하바라자카46?! 진짜 라이브 시작하는 건가? 문화제 대단하네! 지금부터가 진짜다!

기분 업되고 최고조라고, 이 자식아!

『─────학 생 회 분 들 입 니 다!』

웃기자 마라 이 자식아!

기대감을 하늘 끝까지 올려놓고 소개하는 누나와 유쾌한 친구들. 무대장치에 매달린 암막이 천장으로 확 올라가 한번에 모습을 드러냈다.

"…………으아……."

무엇보다도 먼저 눈에 들어오는 것은 눈부시게 빛나는 순백의 웨딩드레스. 직접 봐서 그런지 그 호화로움은 텔레비전 드라마 같은 것에서 보는 걸 웃도는 휘황찬란함을 자랑했고 복식부가 얼마나 진심인지를 엿볼 수 있었다. 아니, 애초에 저거 복식부가 만든 의상인가?

그런 하얀 덩어리의 양옆을 지키는 네 명의 미남. 큰 키를 살려 하얀 정장과 턱시도와 연미복 등 각각 다른 의상을 입고 당당한 모습으로 화려함을 과시했다. 안쪽에 있는 학생회장 유우키 선배는 쿨한 모습으로, 반대쪽에 있는 하나와 선배는 미소를 짓고 둘이서 누나의 손을 잡고 있었다.

"괴, 굉장해……!"

"예쁘다……! 얘, 와타루, 저거 좀 봐……!"

"아, 응, 보고 있어…… 보고 있어."

크게 흥분한 아시다와 나츠카와. 나츠카와는 마치 동경의 대상이 등장한 것을 기뻐하는 것처럼 내 팔을 힘차게 잡아당기며 흔들었다. 이상하다…… 나츠카와한테는 누나가얼마나 고릴라 같은지를 꼼꼼하게 이야기했을 텐데…….

제삼자가 보면 동경의 대상일지도 모르지만…… 성인도안 된 친누나의 신부 모습을 보고 어떤 표정을 지으라는거냐. 이게 흔히들 말하는 '복잡한 심경'이라는 건가…….

『이, 이게 무슨 일일까요……!』

무슨 일이냐고…….

『에츠고의 여왕이라 불리는 학생회의 홍일점, 사죠 카에데 씨! 아름다운 장미에서 모든 가시를 떼어낸 지금! 에츠고의 여신이 되려 하고 있습니다! 온화한 눈이 회장 너머를 똑바로 바라보고 있습니다……. 양옆에 있는 네 명의미남이 보이지 않는 것인가?!』

무표정인 채로 신난 태도를 일관하던 MC쿠라하시가 감정을 드러내고 중계했다. 눈을 부릅뜨고 있는 이유를 이해하는 건 나에겐 불가능할 것 같았다.

시선 끝에선 내 상상보다 10년 일찍 골인한 누나가 담백한 표정으로 전방 약간 위를 올려다보고 있었다. 분명 보는 사람에 따라서는 저게 쿨 뷰티로 보이고 있을 것이다. 하지만 진짜 주목해야 하는 곳은 입가다. 나한테는 보인다고……! 어, 엄청난 속도로 실룩거리고 있어!

「속 았 다.」

"으윽……!"

누나의 얼굴에 새까만 마커로 그렇게 세로로 적혀있는 것처럼 보였다.

평소의 나 같으면 꼴좋다며 야유를 날리고 평소의 원한을 풀겠지만, 이번만큼은 동정하지 않을 수 없었다. 나도 모르게 오열하는 듯한 목소리가 새어 나와 입을 가리고 말았다. 분명 저 진한 메이크 안쪽에는 수치와 분노에 차서 새빨개진 맨얼굴이 숨겨져 있을 것이다. K4 미남 놈들, 그렇게 한단 말이지……. 이번 일로 기분이 나빠지면 집에서 피해를 입는 건 나라고……!

『어이쿠, 여기서 하나와 씨가 머리칼을 쓸어 올리며 아르카익 스마일! 그리고 윙크! 유우키 씨는 집사처럼 인사하는 포즈! 회장에서 새된 비명이 멈추지 않습니다! 팬 서비스다! 팬 서비스다! 후와아……!』

후와아……! 가 아닌데요.

무표정이 특징인 MC쿠라하시도 결국 감정이 넘쳐버린 모양이다. 대다수의 학생 앞에서 암컷의 표정을 짓고 말았다. 이게 끝나면 집에 있는 침대에서 발을 동동 구를 일만 남아있을 것이다. 적어도 내 눈에는 누나보다 훨씬 귀여웠다.

"와타루……! 와타루……! 언니가…… 예뻐!"

네가 더 예뻐.

반사적으로 그렇게 말해버릴 뻔했지만, 소매를 붕붕 흔들리는 충격으로 인해 나츠카와에게 그 말이 전해지는 일은 없었다. 참을 수가 없다. 나츠카와가 흥분한 모습은 좀처럼 볼 수 있는 모습이 아니다. 좀 더 흔들어도 된다고.

그렇다고는 해도 나츠카와가 선망하고 흥분하는 대상이 누나인 게 또 미묘하다고 해야 할까…… 설마 누나에게 질투하는 날이 올 줄은 몰랐다. 저 여자…… 내가 여러 해 동안 해온 노력을 한순간에 넘어서고 말이야……. 차라리 저 모습 그대로 패왕 같은 눈으로 주위를 위압해주면 좋을 텐데……. 솔직히 말해서 그렇게 해도 분위기가 더 뜨거워질 것 같은데.

"……응?"

스테이지 위 양측에서 런웨이 퍼포먼스를 했던 다른 출연자들이 다섯 명의 학생회 사람들에게 즐거운 듯이 박수를 보냈다.

그 속에 고개를 숙이고 바닥을 바라보는 금발의 모습이 있었다. 다른 출연자가 흥분해서 웃고 있는 만큼 더 눈에 띄었다. 그러고 보니…… 아가씨 입장에서 누나는 연적 같은 존재였나. 누나는 그런 마음은 없는 것 같지만. 뭐, 자기가 반한 남자가 다른 여자의 역하렘의 일원이 된 모습을 보고 기분 좋을 리가 없나…….

스테이지 위에서 걷던 때와는 대조적인 그 모습이 왠지 신경 쓰였다.

4장 ♥ ⟨⋯⋯⋯⋯⟩ ♥ 운명의 길

　난 대체 뭘 본 걸까.

　패션쇼를 끝내고, 내 안에서 가장 강하게 느껴지는 감정이 그것이었다. 경사스럽게 아가씨가 최우수상에 선정됐음에도 불구하고 누나와 유쾌한 친구들이 전부 가져가버렸다……. 그만큼 그게 모두가 좋아하는 컨텐츠였다는 것인가. 누나의 떨떠름한 얼굴을 보아하니, 그건 K4의 책략일 것이다.

　"학생회에도 투표할 수 있으면 좋았을 텐데."

　"하지만 그 연출은 반칙인 것 같은데……."

　"뭐, 추억 만들기의 일환이겠지."

　명백하게 편의를 봐준 퀄리티였고, 여자만 참가한 와중에 학생회만 미남 네 명이 등장했으니 말이다. 화가 치민다. 연출 면에서 생각해봐도 아가씨가 나간 패션쇼와는 분리된 것처럼 느껴졌다. 갈라쇼라는 건가. 극단적으로 말하자면 관객이 즐길 수 있다면 그걸로 그만일 것이다.

　"어라, 곧 폐회식이었던가? 이대로 여기에 있을래?"

　"엥, 얼마 안 남았네! 빠르다~."

　"정리해야 하니까."

　"풉…… '정리'래."

"뭐, 뭐야, 케이."

"장난감 정리하는 것 같아~. 귀~여~워~라~!"

"이, 이건 아이리한테 항상 말하는 게 습관이라……!"

그렇네, 귀엽네.

귀엽게 씩씩대는 나츠카와와 도망치는 아시다를 보고 치유 받았다. 이로써 폐회식 후의 철수 작업도 열심히 할 수 있을 것 같다. 어제와 달리 오늘은 지치는 일도 없었고. 데이트한다는 건 이런 느낌일까…… 여자 둘이랑 하는 게 그럭저럭 레어한 케이스인 것 같은 느낌도 들지만. 재밌었어…….

"오, 케이잖아."

"아! 카와이찌!"

체육관에 다른 배구부 부원이 들어왔다. 다른 학생도 속속 체육관에 모여들고 있는 듯했다. 아시다가 여자를 상대로 점프해서 하이파이브를 하다니, 보기 드문 광경이네. 카와이가 분명 나랑 키가 거의 똑같았었지.

"……아시다, 빼앗겼네."

"돼, 됐어……."

"저 녀석은 잘생긴 여자한테 약하니까. 시노미야 선배를 대하는 것도 그렇고."

살짝 쓸쓸해하는 나츠카와가 맥없이 걸어왔다. 카와이에게 가볍게 아시다를 빼앗긴 대미지는 큰 것 같았다. 동요를 다 숨기지 못했다. 어쩐지 알 것 같아, 그 기분.

내가 옆으로 앉은 파이프 의자 뒤에 나츠카와가 앉았다.

"역시 중학교 때의 문화제와는 달랐어. 풍성하다 해야 할까."

"그렇네……. 그만큼 힘들었지만."

"중학교 때는 어떻게 했었지……."

"안 잊었어. 한가하게 있는 남자애 데리고 쫓아왔어."

"진짜 기억에 없는데요……."

"정말……."

그 말을 듣고 어렴풋이 기억해낸 먼 기억. 떠올리고 싶지 않고, 기억나지 않는 일도 많다. 탈피한 뒤의 잔해와 같은 것이다. 고이 간직해둘 만한 것도 아니다. 사랑에 빠져 그 열기에 들떴던 마음만 가슴에 남겨두면 된다. 그 시절의 두부 같은 이성을 거쳐서 지금 용케도 아무렇지도 않은 얼굴로 나츠카와 앞에 앉아있을 수 있을 것이다.

"……재미있었어?"

나츠카와에게 묻고 말았다. 마지막의 마지막에 이런 걸 묻는 건, 자신이 없다는 것을 나타낸다. 하지만 남자로서 마음에 둔 여자애가 어떻게 생각하고 있는지는 신경 쓰이는 법이고. 이렇게 물어봤는데 갑자기 '재미없었다'는 말을 들으면…… 하핫. 그때는 3차원은 버리자.

"──응."

"!"

방심했다.

멋없는 질문을 한 벌인지, 바로 근처에서 평온한 눈으로 시선을 떨구는 나츠카와의 미소에 눈길이 이끌렸다. 나츠카와가 엄청난 미소녀였다는 걸 잊고 있었다. 오히려 너무 당연해서 머리에서 빠져버린 모양이다.

"…………."

"! 뭐, 뭐야……? 그렇게…… 쳐다보고."

알고 있어도 바라보게 되는 신기한 매력. 눈을 돌리려고 해도 돌릴 수 없는 정체불명의 강제력. 만화 같은 것에서 적에게 조종당할 것 같으면서도 필사적으로 저항하는 주인공의 마음이 이럴까. 나츠카와가 알아차리고 나서야 겨우 속박이 풀린 것처럼 느껴졌다. 얼굴과 시선을 같이 돌리고 허둥지둥 변명했다.

"아, 아니. 좋았지, 이래저래—— 마지막 외에는."

"뭐야, 좋았잖아. 누나가 웨딩드레스를 입은 모습."

"나츠카와는 모르겠지…… 가족이 이렇게, 많은 사람 앞에서 구경거리가 되는 느낌은."

"예뻤는데."

윽…… 틀렸다. 역시 마지막에 누나의 모습이 너무 강렬했다. 분명 오늘 꿈에 나올 것이다. 당분간은 누나의 얼굴을 제대로 볼 수 없을 것 같다. 나츠카와와의 새콤달콤한 분위기를 한순간에 억제하는 이 마력, 무섭다.

무엇보다 나츠카와와의 추억을 상회하는 임팩트를 가지고 있는 게 한스럽다. 오늘 밤에라도 제대로 하루를 돌아보지 않으면 문화제의 추억이 그것만 남을 것만 같다.

"하아…… 아~아. 적어도 타인이었으면."

"정말, 그런 말은 하지 마."

"그래."

만약 시노미야 선배였다면 어땠을까. 실례되는 이야기지만 내가 생각했을 때 혼기를 놓칠 것 같은 사람 랭킹 1위니까 이 타이밍에 웨딩드레스를 입은 모습을 한 번이라도 보여줬다면 인상이 크게 바뀌었을지도 모른다. 아니지, 누군가 딱 한 명 고를 수 있다면.

"──이왕이면 나츠카와가 입은 모습을 보고 싶었는데……."

"……웃…………!"

방금까지 특별한 사람만이 걸었던 스테이지 위를 바라보면서 상상했다. 1년 후, 조금 어른스러워진 나츠카와가 웨딩드레스를 입은 모습으로 청결감이 느껴지는 미남에게 손을 이끌려 천천히 걸어오는 광경이다.

결혼은 인생의 한 단락이라고도 하니, 어떻게 보면 인생의 종착지라고도 부를 수 있는 것이다. 그렇다면 여기서 그런 광경을 직접 한 번 봐야 내 안에서도 일단락을 지을 수 있을지도 모른다. 새로운 사랑을 찾는다는 의미에서도.

역시 아시다의 제안이 포기가 안 돼서 기대하는 의미를 담아 나츠카와에게 물어봤다.

"내년에 어때?"

"아, 안— 안 할 거야!"

"그, 그렇게 강하게 부정 안 해도 되잖아…….."

"네가 이상한 말을 하니까 그렇잖아."

"어?"

내가 무슨 말을 했던가?

시선 끝에서 배구부 녀석들이 키재기를 하며 신나게 놀기 시작했을 때, 전교생 집합 안내방송이 흘렀다.

폐회식이 막힘없이 진행되었다. 문화제가 끝나면 후야제——를 하는 일은 없었고, 그 순간부터 철수 작업이 시작되었다. 뭐, 요즘 세상에 밤까지 행사를 허가하는 학교가 있을 리가 없지. 학교에서 열리지 않아도 이 작업이 끝나면 각자 노래방이든 어디든 가서 놀 거다.

"사죠도 갈 거지?"

"오~."

1학년치고는 나름대로 성황을 이룬 수수께끼 대회는 성공을 거두었다고 해도 좋다. 반에서 뒤풀이가 열리는 것도 필연이라 할 수 있다. 근처 노래방도 우리 학교가 문화제를 한다는 소식을 듣고 분명 안절부절못하고 있을 것이다.

기다려라, 그 마이크는 내가 쥔다.

"하아…… 그건 그렇고, 결국 사사키가…….''

"응? 아아…….''

야마자키가 시선을 보내는 곳. 다도부이기도 해서 허리를 쭉 펴고 교실로 향하는 여자가 있었다. 그런 요조숙녀——사이토는 자세와는 반대로 표정은 부드럽다고 해야 할까, 뭔가 들뜬 것처럼 보였다. 사사키와의 관계에 진전이 있었나 보다. 내가 그 녀석이 결심하도록 도와줬다고 말하면 어떻게 될까…….

장본인인 사사키는 나츠카와와 같은 문화제 실행위원회 일 때문에 체육관에 그대로 남아있었다. 그 녀석도 설마 이번 문화제를 하면서 특정 여자와 관계를 진전시키게 될 줄은 몰랐을 것이다. 사사키가 나츠카와에게 관심이 있다고 말해서 살짝 마음이 복잡했던 그 기간은 뭐였지. 스스로 사귀라고 권해놓고 안타까운 마음이 있는데.

"뭐, 됐나."

"뭐야."

사실은 좋지 않다. 분명 사이토와 사이가 좋은 시라이도 오카못쨩도 어디선가 사사키에게 호감을 품고 있었던 것처럼 보였으니 앞으로 거북한 일을 겪는 경우도 있을 것이다. 하지만 그건 문화제 직후인 지금 생각할 일이 아니다. 즐거운 이벤트가 끝난 여운에 젖어서 내일 이후의 일은 아무엇도 생각하지 말고 와자지껄 떠들자.

"어이쿠야…… 켁."

주머니에서 진동. 꺼내서 보니 스마트폰의 잠금 화면에는 '유우키 선배'의 이름. 설마 했던 학생회장님의 연락이었다. 당분간은 만나고 싶지 않은 존재인데.

[스테이지 옆 대기실로 와줘.]

"……"

스테이지 옆. 체육관의 단상 옆에 있는 알 수 없는 공간을 말하는 걸까. 즉, 거기로 돌아오라는 뜻인가. 안 좋은 예감밖에 안 드는데…….

"……미안, 잠깐 체육관에 볼일."

"그래~."

아직 철수 작업도 시작되지 않아 들뜬 분위기 그대로인 복도. 나도 그 속에 잠겨있고 싶었다고 생각하며 미남 신랑을 떠올리며 살의를 품었다.

◆

──확실히 살의는 품었지만.

"……"

"……"

통풍이 잘 안 되는 창고 같은 좁은 공간. 원래 놓여 있었

을 비품은 벽 옆으로 잡다하게 치워져 있었고, 낮은 천장
에서는 전선에 매달린 전구가 흔들흔들 흔들리고 있었다.
억지로 자리를 만든 공간에는 여러 화장대가 늘어서 있었
고, 거울의 테두리를 둘러싸듯이 조명이 빛을 발하고 있었
다. 잘 안 팔리는 연예인의 대기실이 이런 느낌일까.

다만 내 눈앞에 있는 건 결코 여배우도 연예인도 아니
었다.

"……잘 지냈어?"

"……."

3평 정도의 공간에 흩어져 있는 네 미남. 빈말로도 청결
하다고는 할 수 없는 바닥에 반짝이는 의상을 입고 쓰러져
부들부들 떨며 얼마 안 되는 생명의 숨결을 주장하고 있었
다. 그런 그들의 중심에 듬직하게 자리 잡은 파이프 의자
에서 순백의 웨딩드레스를 입은 누나가 말 그대로 새하얗
게 불태운 복서와 같은 포즈로 앉아 고개를 숙이고 있었
다. 정신적 대미지가 어지간히 컸던 것으로 보인다.

친누나가 미남 넷을 거느리고 새색시 차림으로 단상에
올라가기만 해도 쇼크가 큰데, 그 모습 그대로 불량청소년
이 나오는 만화의 한 컷을 보고 있는 나는 어떤 표정을 지
으면 좋을까.

폭풍이 지나간 뒤의 고요함. 무참하게 남겨진 시체에 둘
러싸인 초현실적인 공간에서 폭풍 그 자체였을 인물에게

'하우아유'라는 말을 던졌는데 내가 생각해도 예술점이 높다. 아마 이곳에 제대로 된 녀석은 한 명도 없을 것이다.

"으…… 와, 왔나……."

"살아 계셨습니까."

"그래……."

바닥에서 얼굴을 살짝 들고 입을 여는 유우키 선배. 설마 그 연락이 SOS메시지였을 줄 누가 알았을까. 적어도 안 좋은 예감만큼은 맞았다.

"괜찮나요, 누구한테 당했죠? 대체 무슨 일이……?"

"……윽……."

쭈그리고 앉아 물어보니 유우키 선배는 트라우마를 떠올리듯이 얼굴에 고통에 의한 괴로운 빛을 띠고 이를 꽉 깨물었다. 오른쪽 전완으로 자신의 몸을 받쳐 들어 올리더니 내 발치를 바라보면서 말했다.

"──아무 일도…… 없었다."

보아하니 여유 있구나, 이 사람.

누구에게 당했고 무슨 일이 있었는지는 상상하기 어렵지 않았다. 아무 일도 없었다고는 하지만, 누나에게 웨딩 드레스와 세트인 킬힐로 발차기를 맞은 대미지는 결코 적지 않을 것이다. 그런데 이렇게 말할 수 있는 건 유우키 선배의 누나에 대한 마음 덕분인가. 평범하게 무겁다.

"보는 그대로다…… 와타루."

"예?"

"우린 이제 틀렸어……."

뭐래.

"한동안은 제대로 못 걸을 것 같아."

자업자득이잖아.

"부탁 좀…… 들어줄 수 있겠나?"

"네……."

너무나도 안쓰러운 전개에 찌푸린 표정을 숨길 수 없었다. 부려 먹힐 상황인데 이상하게 불쾌감은 없었다. 미남의 짜증 나는 부분은 우쭐거려도 주위가 용서해준다는 점인데, 이 사람 같은 경우에는 제대로 호되게 당하고 있으니까…… 미워하려야 미워할 수 없어.

"고우 선배는……?"

"이시구로는 안 돼……."

"어째서……."

"카에데의 주먹은 그 녀석에게도 닿는다."

아무 일도 없었던 것 아니냐고.

바로 누운 다음에 몸을 질질 끌어 벽에 등을 맡긴 유우키 선배는 호흡을 가다듬으면서 설명하기 시작했다. 오늘의 서프라이즈 연출 후 누나의 역습은 예상 범위 안이었다고 한다. 그걸 예상하고 후환을 막고 이렇게 쓰러져도 괜찮도록 이후의 일을 정리하고 있었고 한다.

예상 밖이었던 건 아까 어느 단체의 사람인지는 모르겠지만 학생회와의 면회를 요청하는 자가 나타났다는 것. 아마 이번 문화제에 협력해준 업자가 제출 예정이었던 서류를 찾으러 왔다고 한다.

　"학교 측이 카에데한테만 혼자 직접 넘겨줘도 된다고 전화를 했는데, 그걸 허락할 생각은 없어. 만날 것이라면 하다못해 나만이라도 같이 가겠다——고 말하고 싶지만, 애초에 우리는 이 꼴이다. 단순히 옷을 갈아입고 바로 가면 되는 일이 아니야."

　"누나를 포함해서 머리카락도 얼굴도 발끝도 번쩍번쩍하니까……."

　거기에 더해 코막힘에 잘 들을 것 같은 멘톨 향까지 감돌았다. 이대로 교복으로 갈아입는다고 해도 호스트나 캬바죠*가 고등학생의 교복을 입고 코스프레를 한 것으로 보일 뿐일 것이다.

　"우린 지금부터 살짝 힘내서 평소의 모습이 될 거야."

　"살짝 힘내는군요."

　그러니 그때까지 학생회실에 가서 필요한 서류를 인쇄해왔으면 한다는 말이었다. 쪼르르 갔다가 돌아오기만 하면 되는 간단한 일이다. 그건 딱히 상관없지만, 좀 더 힘내줬으면 한다.

---

*캬바쿠라 아가씨. 카바레식 클럽인 캬바쿠라에서 일하는 여성 종업원을 뜻함.

"하아…… 알겠어요."

그렇게 대답했지만, 유우키 선배는 옆구리 부근을 누르고 천장을 바라보면서 '후우, 후우……' 하고 호흡을 가다듬었다. 얼마나 아픈 거야. 당신, 자존심이 좀 더 센 편인 부자 아닌가요. 왜 괴롭힘당한 일에 대해 불평도 비관도 하지 않고 그저 열심히 극복하려고 하는 것인가. 진짜 그런 관계가 문제라고, 이 학생회는…….

"──와타루."

"응?"

"……미안, 부탁한다."

"어어……."

취하고 있던 자세 그대로 힘없이 말하는 누나. 원래부터 고개를 숙이고 있었던 것도 있어서 더는 견디기 힘든 것처럼 보였다. 더는 고개를 들 기력조차 없는 듯했다. 도저히 다 큰 남자를 넷이나 제압한 여자로는 안 보였다. 그보다 그런 일을 해낸 여자가 자신의 누나로 느껴지지 않았다. 내가 예상했던 대로 속아서 그런 차림을 하게 된 것 같으니 그 점은 동정하지만.

"학생회실의 열쇠는…… 거기에── 윽……."

"어, 선배? 유우키 선배?!"

구석에 있는 가방을 봤고, 그걸 마지막으로 옆구리를 누르고 있던 손을 털썩 바닥에 떨어뜨린 유우키 선배. 아무래도 힘이 다한 것 같다. 몇십 분 후에 평소대로 돌아올 수 있을 것이라는 생각은 도저히 들지 않았다. 진짜로 괜찮은가? 이 사람들.

열쇠만 받아서 스테이지 옆의 대기실에서 홀로 나왔다. 체육관에는 부지런히 정리하는 학생이 많이 있었지만, 나를 주목하는 사람은 아무도 없었다. 왜일까, 살인 현장을 발견하고 아무 말도 안 한 채로 그 자리를 뜨는 용의자가 된 기분이 들었다.

◆

학교에서는 학생 대부분이 문화제 뒷정리에 힘쓰고 있지만, 북동의 3층은 거의 사용되지 않아서 조용했다. 그런 와중에 혼자 몰래 와서 주위를 둘러보며 학생회실의 문을 철컥 여는 나는 완전히 수상한 사람으로밖에 안 보일 것이다. 난 코에츠 학생이지만 원래라면 학생회와 무관하니까.

"이런 모습만 보면 그냥 이상한 놈이란 말이지…….."

나도 모르게 불평하듯이 중얼거렸다.

"어질러져 있네……. 누나의 책상, 누나의 책상…….."

유우키 선배의 자리인 상석에서 봤을 때 오른쪽 대각선 앞. 그곳이 누나의 자리다. 그 오른쪽이 카이 선배, 정면이 토도로키 선배, 그 옆이 하나와 선배의 자리다.

책상——이라 부르기엔 적합하지 않은 하얀 고급 데스크 위에 책꽂이에 꽂힌 파일과 닫힌 노트북이 콘센트에 연결된 채로 놓여있었다.

자리에 앉으려고 하는데 뒤에 있는 선반에서 어떤 물건을 발견했다.

"커피메이커라니……."

그뿐만이 아니다. 옆에는 호텔 같은 곳에 있을 법한 크기의 소형 냉장고가 떡하니 자리 잡고 있었다. 그 위에는 커피 그라인더와 분말로 만든 원두가 든 병. 그리고 슈퍼에 놓여 있을 법한 코코아 분말 팩. 게다가 게다가 그 옆에는 전기 포트에 종이컵! 어이 어이 어이, 이상하잖아……! 내가 문화제 준비를 도운 건 얼마 전 일이지? 그때는 이런 게 없었다고……. 언제 이런 드링크 코너가 생긴 거냐고!

"잘 먹겠습니다~……(※작은 목소리)."

종이컵에 코코아 분말을 넣고 절반까지 뜨거운 물을 따른다. 냉장고에는 예상대로 우유가 들어있었다. 오늘은 커피 마실 기분이 아니란 말이지. 학생회 놈들이 옷을 갈아입는 건 그렇게 빨리 끝나지 않을 테고, 조금 먹는다고 해도 불평은 하지 않겠지.

"그럼——."

누나의 노트북을 열어 전원을 켰다. 전에도 빌린 적이 있고, 개인용 스마트폰 같은 것도 아니니 내가 본다고 해도 아무런 문제도 없을 것이다. 애초에 남이 보면 좋지 않은 걸 이런 곳에 남길 성격도 아니고.

"어디였지……."

마우스를 이리저리 옮기며 지정 폴더를 찾았다. 확실히 남이 보면 별로 좋지 않은 건 없지만, 그 이상으로 화면이 어질러져 있단 말이지. 누나의 방도 어질러져 있으려나……. 벌써 몇 년이나 방 안을 보지 않았다.

"……?"

무음 속에서 작업을 계속하고 있으니 갑자기 스르륵…… 하고 학생회실의 슬라이드 도어가 열리는 소리가 났다. 유달리 천천히 여네. 노크도 안 했는데 학생회 사람인가……?

이상하게 생각해서 오른쪽 책꽂이에 있는 파일의 그림자에서 얼굴을 내밀고 확인했다. 그와 동시에 열린 문이 닫힌 것을 알았다. 살짝 몸을 젖히고서야 확인할 수 있었던 것은 여학생의 교복 스커트. ……누나인가? 아무리 그래도 빠르지 않나?

그렇게 생각한 것도 잠시, 눈에 보이던 다리가 총총거리며 나에게 다가왔다.

"어라? 아가씨……."

"엇──."

바로 옆까지 다가와서야 겨우 그 인물의 정체가 확실해졌다. 웨이브 진 금발 끝부분이 둥실 떠오르고, 어딘가에서 맡은 적 있는 화장품 같은 향이 조용한 학생회실의 공기를 흔들었다.

그런 품위 있는 풍모의 인물—— 시노노메 클로딘 마리카 아가씨는 완전히 원래 교복 차림으로 돌아와 패션쇼를 할 때와 같은 반짝임은 자취를 감추고 있었다. 그렇다고는 해도 다시 잘 보니 용모가 단정했다. 역시 2학년, 3학년 선배들에게 한 발짝도 뒤지지 않고 1위를 쟁취할만하다. 실제로 무심코 감탄할 정도였으니, 지금은 솔직히 칭찬해 두자.

"이야, 패션쇼 대단했어요. 역시 자신의 특성을 잘 살렸다고 해야 할까…… 성별을 뛰어넘어서 부러워졌어요. 그런 모습이라면 뭐든지 잘 어울릴 것 같다는 생각이 들었어요."

나도 부모님 중 한 분이 서양 출신이었다면 혼혈 미남이 될 수 있었을까……. 초봄 때의 나 이상으로 자신만만하게 살고 있을 테고, 만약 그랬다면 분명 지금도 한결같이 나츠카와를 쫓아다니고 있었겠지. 아니, 어쩌면 다른 누군가를——

"그러고 보니 전에 학생회 임원을 목표로 하고 있다고 했었죠? 오늘 일로 얼굴도 이름도 꽤 많이 팔렸을 테니 충분히 노려볼만하지 않을까요?"

"……."

"입후보하면 패션쇼 때와 같은 의상으로 연설해보면 어떨까요, 한 번 해본 말이지만요. ……아가씨?"

평소의 고압적이고 거만한 태도는 어디 갔어. 그렇게 생각해서 컴퓨터를 조작하는 손을 멈추고 다시 아가씨가 있는 쪽을 돌아봤다. 그랬더니 거기엔 굉장히 놀란 표정을 지은 아가씨가 눈을 크게 뜨고 눈동자를 떨고 있었다.

"……? 그러고 보니 왜 여기에…… 어?"

어딘가 상태가 이상한 아가씨에게 고개를 갸웃하며 물어보려던 도중에 위화감을 깨달았다. 구체적으로는 그 왼손에 크고 끝부분이 뾰족하고 무거울 것 같은 은색 물건이 쥐어져 있다는 것을.

"……."

"……."

……그러니까.

위험한 거, 맞지……? 이거 위험한 거 맞지? 까딱 잘못하면 무사할 수 없는 거지? 섣불리 소란 피우지 않는 편이 무조건 좋은 거 맞지?

머릿속에서 기어가 단숨에 가속했다. 마찬가지로 날카로운 경종 소리가 소란스럽게 울려 퍼졌다. 꼼짝도 할 수 없었다. 아까 전까지 가벼웠던 몸이 묵직하게 무거워진 것 같은 느낌이 들었다.

"아, 아~…… 그러니까……."

……생각해라, 나. 여기서 실패는 허용되지 않는다. 아가씨는 힘이 약한 여자일지도 모르지만, 그 손에 있는 것——재단 가위는 확실하게 흉기가 될 수 있는 물건이다. 무리하게 빼앗으려고 해도 무사히 사태가 수습될 보장은 어디에도 없다. 신중하게, 신중하게 일을 진행해야만 한다.

"……코코아라도 마실래?"

"……!"

억지로 희미한 웃음을 짓고 종이컵을 한 손에 들고 일어섰다. 하지만 그건 악수였다. 신경이 곤두선 상황에 자기보다 키가 큰 남자가 갑자기 눈앞에서 일어나면 깜짝 놀랄 만도 할 것이다. 그 순간에 보인 겁먹은 표정은 마치 내가 심한 짓을 해서 나온 표정 같았다.

"아, 아아……?!"

"아가씨!"

아가씨는 손에 든 흉기를 꽉 쥔 채로 크게 뒷걸음질 쳤다. 자각 없는 순간적인 행동이었는지 가까이에 있는 카이 선배의 자리의 의자에 부딪치고 데스크 오른쪽 끝에 놓여 있던 연필꽂이가 바닥에 떨어져 안에 있던 것이 성대하게 흩어졌다.

아가씨는 황급히 자세를 바로잡으려고 했지만, 제때 바로잡지 못했다. 앗, 하고 생각한 순간에는 아가씨의 등이 출입구에 세게 부딪히고 있었다.

"잠깐, 이봐— 큭!"

"어째서……."

바닥에 넘어졌다가 금방 일어선 아가씨에게 달려가려고 했지만, 왼손에 쥐어진 재봉 가위의 끝은 날 향한 채로 있었다. 떨리는 왼쪽 손목을 오른손으로 잡아서 받치고 있는 것 같았다. 다가가지도 못하고 큰 걸음으로 두 걸음 정도 떨어진 곳에서 상황을 살필 수밖에 없다.

코코아가 든 종이컵은 바닥에 떨어졌고, 상황을 원만하게 수습하지도 못하고, 최악이라고밖에 할 수 없었다.

"어째서……… 여기에…………."

"어째서냐니……."

망연자실한 모습으로 나를 올려다보는 아가씨. 하는 말을 들어보면 지금 이곳에 내가 있는 게 어지간히 믿기지 않는 듯했다.

놀란 표정 그대로 나를 보는 아가씨. 하지만 차차 눈동자에서 빛이 사라지고 시선을 떨구는 것과 동시에 재봉 가위를 든 손도 축 늘어졌다.

"대체 무슨——."

무슨 일이냐, 그렇게 말하려다가 퍼뜩 놀랐다.

누나 혼자만을 부른 호출, 인적 없는 학생회실, 아가씨가 주저 없이 '누나의 자리'에 온 것. 나라는 걸 안 순간의 놀란 모습——.

"설마── 누나를……?"

놀라서 어찌할 바를 모르는 건 나도 마찬가지. 평소에 아가씨의 적의가 어디를 향하고 있는지는 조금만 생각하면 알 수 있었다.

아가씨는 학생회장인 유우키 선배의 약혼자라고 한다. 그런 관계인데, 유우키 선배의 흥미와 관심의 방향은 어째 아가씨가 아니라 누나를 향하고 있다고 한다. 그런 선배에게 외면당하고, 누나에게 혼나는 모습을 본 적이 있다. 누나에게 증오를 품고 있어도 이상하지 않다.

"……윽………."

가까운 인간, 그것도 피가 이어진 가족이 해코지당했을지도 모른다는 사실에 온몸의 털이 쭈뼛 서는 느낌이 들었다. 형언할 수 없는 공포감으로 머리꼭지가 유난히 서늘하게 느껴졌다.

"……누나?"

"어? 앗……."

눈을 크게 뜬 아가씨가 나를 봤다. 난 한 박자 늦게 자신의 실수를 깨달았다.

깊은 이유는 없지만 귀찮은 일에 휘말리고 싶지 않아서 아가씨에겐 내가 그 여자의 동생이고 성이 '사죠'라는 사실을 밝히지 않았다. 우연의 산물이긴 하지만, 그러지 않았으면 아가씨는 나한테 패션쇼에서 자신에게 투표하라는 말은 하지 않았을 것이다.

　얼버무리려고 해도 아가씨의 시선은 내 가슴팍── 하필이면 오늘따라 제대로 달고 있는 명찰을 향하고 있었다.

　"…………그런, 거야."

　"이, 이건……."

　내려가 있던 재봉 가위의 끝부분이 다시 올라왔다. 이번에야말로 내가 표적인가── 그렇게 생각하고 한순간 초조했지만, 아가씨는 그걸 바닥에 아무렇게나 떨어뜨렸다. 덜그럭덜그럭하는 질량감 있는 소리를 내면서 내 발치까지 굴러왔다. 멍하니 그걸 바라보고 얼굴을 드니 아가씨의 손에는 다른 물건이 대신 들려있었다. 카이 선배의 데스크의 연필꽂이에 있던 물건이다.

　"후후…… 다들…… 다들 날 업신여기기나 하고!"

　비통한 마음을 외치는 듯한 아가씨의 말꼬리에 대답할 말이 떠오르지 않았다. 난 어떻게 하지도 못하고 그 자리에 서 있었다.

　"아, 아가씨……!"

　"당신도 어차피……!"

　"아니……?!"

　새로운 흉기── 커터 칼에서 끼릭끼릭끼릭 하고 뻗어나오는 칼끝. 주의 깊게 스토퍼까지 걸었다. 그 칼끝을 보면서 아가씨는 양손으로 손잡이를 꼭 쥐었다.

"──이제…… 싫어."

떨리는 손으로 공기를 크게 뒤섞으면서 바로 위를 향하는 칼끝. 그걸 각오와 공포 사이에 있는 듯한 공허한 눈으로 바라보는 아가씨. 내가 사죠 카에데의 동생이라는 걸 알고 적의를 보이는 것이라면 커터 칼의 칼끝이 저런 곳을 향하진 않을 것이다.

"아가씨……!"

몇 초 후, 무슨 일이 일어나려고 하는지는 쉽게 예측할 수 있었다.

아가씨는 양손을 떨면서도 확실하게 커터 칼을 자신의 목덜미에 가까이 댔다. 목표 위치로 보이는 곳에 가까워짐에 따라서 아가씨의 눈에 깃든 두려움이 날카로운 눈빛으로 변해갔다. 더 이상 제정신으로는 안 보였다.

"……읏………!"

큰일이다── 큰일이다큰일이다큰일이다큰일이다!!

이대로 가만히 지켜볼 수만은 없었다. 멍하니 있을 때가 아니다. 막아야 한다. 달려들까……?! 아니, 그런 짓을 하면 더더욱 자포자기하지 않을까? 그럼 어떡하지? 그만하라고 설득할까? 하지만 무슨 말로?

머릿속에서 한창 미래로 이어지는 운명이 분기되어 가는 와중에 내 의식은 발치에 떨어져 있는 재봉 가위를 포착했다. 그 순간── 난 무슨 생각을 했는지 바닥에서 잽싸게 그걸 주웠다.

"……윽……!"

수많은 분기가 사라지고 길이 하나로 이어졌다. 하지만 확실성을 띠지 않은 운명의 길에 발을 내딛는 뚜렷한 느낌이 없었고, 그 길을 나아간 끝에 기다리는 결말은 보이지 않았다.

되돌릴 선택지가 있다는 걸 떠올린 것은 그 끝에 도달한 뒤였다.

5장 ♥ ⟨⋯⋯⋯⋯⟩ ♥ 후회의 결말

처음으로 느낀 건 금속 얼음과 같은 차가운 감촉이었다.

"——어……."

앞에서 난 지고의 한 음. 거의 숨결에 불과했지만, 바라 마지않았던 그 경악은 나를 다음 행동으로 이어주는 원동력이 되었다.

화상을 입는 것 같은 열기가 일었다.

질량감 있는 두 번째 충격음이 입에서 튀어나온 신음을 지웠다. 여러 번 울려 퍼진 덜그럭덜그럭하는 소리는 여전히 불쾌하기만 했다. 기억에 남으려던 달성감까지도 아주 쉽게 날려버려 줬다.

아가씨가 가져온 재봉 가위가 얄궂은 형태로 아가씨에게 돌아갔다. 그 끝부분은 이전부터 예상했던 색으로 변해 있었다.

"……하………으………!"

한순간 미세한 거품이 뿜어져 나오는 소리가 들렸다. 다소의 물방울은 소리 없이 빨아들일 것 같은 메마른 바닥에 물소리가 뚝뚝 났다. 바닥으로서의 건전함이 더 이상 손상되지 않도록 중력에 따라 늘어지는 왼팔의 손목을 빈 오른손으로 강하게 쥐어서 고정했다.

숨을 멈추고 참길 몇 초, 순간의 격통이 계속되는 둔통으로 바뀌고서야 겨우 말을 할 여유가 생겼다. 입 속에 모인 침을 삼켰다.

"……윽…… 생각보다, 아프네……!"

맛본 적 없는 안쪽에서 느껴지는 강렬한 자극. 마음을 굳게 먹으면 간단히 참을 수 있다고 깔보고 있었다는 것은 부정하지 않겠다. 다만 오기로라도 몇 초 전의 자신의 행동을 헛되이 할 수는 없었다.

"…………있잖아, 아가씨?"

"힉……?!"

──이렇게는, 되고 싶지 않지……?

그렇게 눈으로 호소하니 아가씨의 양손에서 커터 칼이 흘러 떨어졌다. 바닥에 떨어진 충격으로 한계까지 튀어나와 있던 칼날이 부러지고 학생회실 구석으로 날아갔다. 핏기가 가셨는지 얼굴이 새파래진 아가씨는 입구를 등지고 그 자리에 주저앉았다. 그건 나에게 있어서 승리였다.

"……큭……!"

신기하게도 분노도 슬픔도 샘솟지 않았다. 아프다며 소리쳐대는 표면적인 사고의 한층 더 깊은 곳에서 어딘가 냉정함을 유지하고 있는 자신이 성대하게 기막혀하고 있었다.

──으으…… 뭐 하는 거냐, 나는…………

기겁했다.

성급한 아가씨를 막기 위해서라고는 해도 자기 손에 구멍을 뚫어 보이는 건 제정신으로 할 짓이 아니다. 누가 자포자기한 거냐. 분명 더 좋은 다른 방법이 있었을 텐데.

후회하기 시작한 시점에 머리 회전도 조금씩 돌아왔다. 바닥 가까이에 댄 손을 보니 내 귀중한 철분이 기세를 늦추면서 지금도 계속 뚝뚝 떨어졌다. 일단 이걸 어떻게든 해야만 한다. 분명…… 심장보다 높은 위치에 둬야 했었지.

흔들리는 손으로 가까이에 있는 선반에서 티슈를 몇 장이나 움켜쥐고 왼손 손바닥에서 손등에 걸쳐 감싸고 눌렀다. 관통했는지 확인할 용기는 없었다. 빨갛게 물든 그 위로 티슈를 몇 장이나 더 겹쳐갔다. 아프다, 계속 아프다.

"아, 아아………."

아파서 소리치고 싶은 충동을 억누르고 있으니 내 아픔을 대변하듯이 괴로워하는 목소리가 귀에 들렸다.

"아아아……."

"……."

자기 이상으로 당황한 사람이 가까이에 있으면 이런 상처를 입어도 의외로 냉정하게 있을 수 있는 모양이다. 아니면 고조된 기분과 아픔이 기적적으로 균형을 이루고 있을 뿐인가.

"……웃………."

양 눈썹 끝을 아래로 내리고 애처로운 듯이 내 왼손을

보고 조금씩 볼을 적시는 아가씨. 누구에게 무엇을 하려고
했는가, 지금 어떤 기분으로 그렇게 됐는가, 전부 상상에
지나지 않지만.

지금 짓는 그 표정이 다정함에서 오는 것이라면, 그런
마음을 가진 아가씨가 재봉 가위에 담은 어두운 마음은 상
당하지 않았을까 하는 생각이 든다.

"──딱히, 거짓말 아니거든요……."

"……어……?"

"패션쇼, 딱히 부탁 안 받았어도 아가씨한테 투표했을
거야……. 그야 제일 멋졌으니까…….."

"……웃……….."

격려할 생각은 없지만 오해가 있다는 건 틀림없었다. 아
가씨가 피해망상에 빠지는 건 아가씨 마음이지만, 내가 품
은 감상까지 멋대로 정하는 건 마음에 안 든다. 무엇보다
이렇게 해서 아가씨가 똑같은 짓을 저지르지 않게 된다면
말하지 않을 수가 없었다.

제대로 엮인 적도 없고, 배경에 어떤 노력이나 속셈이
있었는지는 모르겠지만, 결과적으로 아가씨가 패션쇼에서
최고의 퀄리티를 끌어냈다는 것은 지금 평소의 모습인 교
복을 입은 아가씨를 보면 알 수 있다. 메이크업이나 장식
에 대해서도 잘 모르지만, 단번에 그런 완성도를 내는 건
불가능할 것이다. 분명 적지 않은 수의 시행착오가 있었을

것이다.

"……하지만…… 뭐든지 어울리는 게 부럽다는 건 좀 틀렸을지도 몰라요……."

"어……?"

"아니, 실제로 어울리겠지만……."

아픔을 참을 때마다 숨이 막혀 어조가 세졌다. 달콤한 말을 해보려고 했지만, 그런 다정함보다 자신의 감정이 앞섰다. 부자라서 할 수 있었다. 용모가 단정해서 할 수 있었다. 대단한 직함이 있어서 실행할 수 있었다. 자신감도 있었다. 가슴을 펼 수 있었다. 그래서 쉽게 불행에 짓눌린다. 증오가 폭발한다. 이성이 날아간다. 안이하게 자신을 상처 입히려고 한다. 그 말을 내가 할 수 있는지는 차치해 두고.

그걸 공감하지 못하는 건 사는 세계가 다르기 때문이다. 그런 일이 있을 수 있다는 걸 난 알고 있다. 그걸 받아들였기에 지금의 내가 있으니까. 그러니,

"──눈물까지 잘 어울릴 필요는 없지 않을까요."

"아……."

나에겐 아가씨의 마음을 헤아려주는 선택지 같은 건 없었다. 무심코 미움받을 만한 말을 해버렸다. 동시에 싱긋 웃어줬는데 잘 웃고 있을까. 얼버무리는 한편으로 머리에 피가 올랐다는 걸 알 수 있었다.

마치 비극의 히로인 같아서 화가 났다. 우는 얼굴까지 잘

어울리는 게 마음에 안 들었다. 난 멋지게 보이는 각도를 찾는 것만 해도 벅찬데 우는 얼굴까지 예쁜 얼굴을 하고 말이야.

"싫으면 그 눈물, 닦아주지 않을래요?"

"······웃······."

마치 내가 아무것도 가지고 있지 않은 것 같아 화가 난다. 유복한 집에서 태어나고 용모도 단정하고 바로 몇 시간 전에 많은 사람을 매혹했으면서 가족도 친구도 집도 재산도 전부 잃은 것처럼 행동하고 말이야.

"분하면 일어나는 게 어떨까요."

한 손에 흉기를 들고 쳐들어온 건 왜인가. 그 가슴 속에 누구에게도 양보할 수 없는 자부심이 있기 때문이 아닌가. 그렇다면 꼴사나운 모습이 '어울린다'는 말을 듣고 화낼 정도의 기개를 보여줬으면 한다. 원래부터 성격이 고압적인 아가씨니까.

"──못 하겠으면 손쯤은 잡아줄 수 있는데요······?"

"······윽······!"

눈에 힘을 주고 매달리듯이 올려다보는 눈동자를 바라봐 넌지시 '일어서'라고 위협했다. 나도 아픔 때문에 어떤 속박이 풀려있었다. 이렇게 손을 다친 녀석한테 손을 잡아준다는 말을 듣는 건 이미 얄궂은 행동을 넘어서 비아냥밖에 안 될 것이다. 내가 생각해도 짜증 나는 성격이다.

이럴 때는 누나와 같은 난폭한 피가 도움이 된다. 이런 저런 구실이 늘어난 머리에는 근성론이 잘 스며든다. 강요하는 듯한 열렬함이 제멋대로 상쾌함을 만들어내서 왼손의 아픔을 얼버무려줬다.

티슈가 부족해 팔을 흐르는 피가 소매 속으로 들어가 피부와 와이셔츠를 붙였다. 아픔이 잦아들어도 교복 차림인데 땀투성이가 됐을 때와 똑같은 불쾌감이 엄습했다. 출입구 앞에 털썩 주저앉은 채로 계속 있으면 이 지옥은 영원히 계속될 것이다. 큰일이다…… 이거, 역시 슬슬 어떻게든 해야 한다…….

"윽…… 흑……!"

"에엑……."

내가 위기감을 느끼기 시작했을 때, 아가씨가 꾹 참고 우는 듯한 소리를 내며 떨리는 손을 내밀었다. 난 기대한 결말에서 크게 벗어나 허탈해져 얼빠진 소리를 흘리고 말았다. 한순간은 아픔조차도 잊은 듯한 느낌이 들었다.

아니…… 분명 일으켜준다고 말했다지만, 보통 이렇게 다친 녀석한테 일으켜달라고 하나? 진짜로? 사는 세상이 너무 다르지 않아? 일으켜주겠지만…….

"큭……!"

가늘고 작은 손을 오른손으로 꽉 잡고 거의 내 힘으로 아가씨를 끌어올렸다. 건방지게도 자신의 힘을 전혀 쓰지 않은 아가씨에게 짜증을 넘어서 살의마저 생길 것 같았다. 덕분에 왼손이 더더욱 아팠다. 기분은 최고로 베지터 같았다. 젠장.

다 일으켜 세우자 아가씨는 그제야 자신의 힘으로 자세를 유지했다.

"이봐……."

"……!"

"아니, 잠깐……."

일어났는데도 놓아주지 않는 오른손. 떨쳐내려고 해도 왼손을 쓰지 못해 곤란해하고 있으니 아가씨가 나한테 기대왔다. 겨우 오른손을 놓았나 싶었더니 매달리듯이 양손을 내 팔에 대고 가고 싶은 방향과는 정반대로 체중을 실었다. 갑작스러운 짓궂은 행동에 동요를 숨길 수가 없었다. 이 아가씨, 상당히 만만치 않다……!

"……저기, 나 보건실 좀 가게 해주지 않을래?"

역대 최고로 낮은 목소리가 나왔다.

◆

보건실까지 가는 길은 멀게 느껴졌다. 가슴 앞으로 안은 왼손이 뜨겁고 아팠다. 도중에 스쳐 지나간 이름도 모르는 선배가 깜짝 놀란 눈으로 보는 걸 알 수 있었다. 이곳에 도착하면 치료할 수 있다는 근거 없는 기대가 내 안에 다른 사람과의 벽을 만들었는지, 주위 사람이 도와줄 것이라는 기대는 왜인지 하지도 않았다. 다른 사람이 떠들어서 생기는 큰 소리 때문에 상처가 자극받는 게 훨씬 더 무서웠다.

"큭……."

문의 맞음새가 완벽한 슬라이드 도어. 평소 같으면 새끼손가락 하나로 쉽게 열 수 있을 텐데, 지금만큼은 철문을 억지로 열어젖히는 것처럼 느껴졌다. 빨갛게 물든 왼손에 비해 턱을 타고 바닥에 떨어진 투명한 진땀이 굉장히 건강하게 느껴졌다.

"시, 실례합니다……!"

들어가자마자 가슴에 힘을 주고 부르자 안쪽에서 '네~' 하는 느긋한 목소리가 돌아왔다. 적어도 장년의 보건 교사의 목소리가 아니다. 바닥을 가볍게 통통 튀는 소리와 함께 왼쪽 안쪽의 침대가 있는 공간으로 향하는 모퉁이에서 한 여학생이 얼굴을 내밀었다.

"──누구야?"

"……."

나타난 사람은 누가 봐도 '저 땡땡이 치고 있어요'라는 느낌이 나는 청순파의 가면을 쓴 가루 같은 누나. 동갑으로는 안 보였다. 웨이브 진 길고 검은 머리카락에 짧은 치마, 컬러풀한 슈슈를 손목에 끼고 교복을 일부러 흐트려서 입고 있었다. 도저히 건강상의 문제로 여기에 있는 것처럼 보이진 않았다. 외모는 다르지만, 완전히 갸루에서 졸업하지 못한 일반학생 같은 분위기가 왠지 누나 같은 느낌을 줬다.

"아, 남자다."

'남자다'가 아니라고. 이 피투성이가 된 왼손이 안 보이는 거냐.

날 발견한 순간에 새침하게 무표정이 된 만년 갸루. 행동을 조심하라고 한마디라도 해줄까 싶었지만 진짜로 행동을 조심하면 곤란하다. 느슨하게 매인 넥타이의 색깔이 초록색이다. 역시 연상에 누나와 같은 3학년 학생 같다. 이렇게 엄청나게 위험한 상황에 성가신 선배의 기분을 상하게 해서는 안 될 것이다.

"그, 저기, 선생님은…… 보건실의 신도 선생님은……."

"레이코? 지금 나갔는데?"

"으……."

……끄, 끝났다…….

마음속에서 뭔가가 뚝 부러졌고, 문 바로 옆에 있던 소파 재질의 긴 의자에 앉았다. 아픈 왼손을 가슴보다 높은 위치로 유지할 체력도 남아있지 않아서 무릎 위에 살짝 놓았다. 위치가 낮아진 왼손을 향해 뜨거운 것이 흘러가고 있는 걸 알 수 있었다.

신도 선생님…… 이름이 레이코였구나…….

"어?! 무슨 일이야?! 그보다 그 손!"

내가 뭔가 포기한 것을 알아차렸는지 갸루처럼 보이는 선배가 눈을 휘둥그레 뜨고 허둥대기 시작했다. 시끄럽지만 새삼스럽게 불쾌하다는 생각은 안 했다. 그런가…… 이게 절망이라는 것인가. 몸에서 불필요한 힘이 빠져 아픔이 완화된 것 같은 느낌이 들었다.

"레이코 불러올게!"

"……."

잘 보니 보통 일이 아니라는 걸 바로 깨달았는지 황급히 볼품없이 뛰어서 보건실에서 나가는 선배. 팔랑 휘날리는 흑발과 치마가 눈에 들어왔지만, 이 상황에 쓸데없는 감정은 눈곱만큼도 생기지 않았다.

"………어……."

"……."

누군가의 다리가 시야에 들어왔다. 살짝 고개를 드니 거북한 듯이 한 팔로 자신을 안은 아가씨가 있었다. 아무래도 여기까지 온 내 뒤를 쫓아온 모양이다. 지금은 예쁜 걸 봐도 짜증 나기만 할 뿐이니 딱히 말도 걸지 않고 바닥을 바라봤다. 마음을 써줄 여유 따위는 없다. 뭣하면 이대로 돌아가도 상관없다.

"……."

"……"

정적이 의식을 왼손으로 가게 했다. 그게 싫어서 의식을 왼손의 아픔에서 멀리서 희미하게 들리는 소란스러운 소리로 돌렸다. 피가 어떻게 됐는지 모르겠지만, 관자놀이를 타고 흐르는 진땀은 멈춘 듯한 느낌이 들었다.

"――선생님 데리고 왔어!"

"흡! 읏……"

몇 분 후, 열려있던 입구에서 아까 나갔던 선배가 뛰어 들어왔다. 빠르다. 생각보다 협력적인 것 같다. 희망의 빛이 보였지만, 대신 날카롭고 큰 목소리가 울려서 아픔이 되살아났다.

"부상자인가요――! 아니, 넌……"

"아, 아아…… 안녕하세요."

선배 뒤에서 빠른 걸음으로 들어온 여자 양호 교사. 살짝 숨을 헐떡이고 있는 걸 보니 서둘러 와준 것 같다. 장년이 백의를 입은 모습이 굉장히 믿음직했다. 1학기 때의 기절에 이어서 또 귀찮은 일을 가져와서 미안함을 느꼈다. 얼굴을 기억해주고 있는 게 그나마의 구원이었다.

"사죠 군, 그 손!"

"――어, '사죠'?"

"아무튼 이쪽으로."

등을 부드럽게 부축받아 안쪽의 진찰대 앞에 있는 둥근

의자에 앉혀졌다. 선배가 내 이름을 듣고 놀란 것 같은데, 아마 같은 학년에 같은 성을 가진 여자 양아치가 있으니 궁금해졌을 것이다. 그러고 보니 시노미야 선배 이외의 같은 학년의 여자는 누나를 어떻게 생각하고 있을까……

맞은편에 앉은 신도 선생님과 환부에 대한 몇 가지 문답을 한 끝에 내 왼손은 손바닥을 위로 향하고 선생님의 아래팔에 놓였다.

"티슈는 뗄 수 있을 것 같나요."

"예……?!"

"뗄게요."

"아, 네……."

내 겁먹은 얼굴을 보고 눈치를 챘는지 선생님이 바로 판단해서 움직이기 시작했다.

완전히 새빨갛게 물든 왼손에 휘감긴 티슈를 보고 선생님이 조금 작은 가위를 꺼냈다. 나와, 그리고 내 뒤에서 침을 삼키는 소리가 들렸다. 지금은 세상에서 제일 보고 싶지 않은 것이었다.

"희……."

이제는 이음매를 알 수 없게 된 빨간 두루마리 옆으로 가위를 집어넣었다. 물기를 머금은 그것은 아주 간단하게 잘렸고, 손등 쪽에서 덜렁 늘어졌다. 이젠 공포밖에 안 느껴졌다.

손 안쪽의 티슈가 젖혀졌다. 마치 피부와 유착돼있었던 것처럼 지익 하는 감촉을 느꼈다. 이 순간만큼은 아픔보다 공포감이 더 컸다. 온몸에 소름이 돋았다.

"이건……."

"……윽……."

신도 선생님이 눈살을 찌푸렸다. 나도 처음으로 자신의 왼손의 모습을 실제로 보고 침을 삼켰다. 빨강에 검은색이 더해져 자세한 중증도를 확인할 수 없게 되어있었다. 다만 명백하게 '표면'이라는 형태를 잃은 손바닥 중심부를 보고 오히려 개운해졌다—— 아, 이거 크게 다쳤네.

"손등은."

"……."

"그런가요."

대답도 안 했는데 신도 선생님이 대답했다. 적어도 손등 쪽이 어떻게 됐는지 스스로 확인할 용기는 없었다. 그런 마음을 헤아려준 모양이다.

"어쨌든 여기선 이렇다 할 처치는 할 수 없습니다. 지혈하면서 바로 병원으로 갑시다."

"아, 네."

확실하게 눈빛이 변한 선생님이 묻지도 따지지도 못하게 만드는 목소리로 제안했다. 난 그저 고개를 끄덕일 수밖에 없었다. 왼손을 새 거즈로 감싸고 책상 위에 올린 채로 가능한 한 팔을 압박하고 누르라고 했다. 얌전히 말을 들었다.

"근데 시간이 이미……. 외래 접수는 끝났을 거고, 구급차를 불러야……. 학교에 이야기해둬야겠어요."

"윽……."

생각보다 일이 커지는 것 같아서 식은땀이 흘렀다. 구급차를 부른다는 것은 이 학교 전체에 삐뽀삐뽀 하는 소리가 울려 퍼진다는 뜻일 것이다. 분명 엄청나게 눈에 띌 것이다. 그것만큼은 피하고 싶었는데, 그렇게는 안 될 것 같았다.

"──저, 저기, 그럼 제가."

최악이라며 낙담하고 있으니 옆에서 아가씨가 끼어들었다. 구급차 사태를 피할 수 있는 건가 싶어 나도 모르게 기대하는 눈길을 보내고 말았다. 커터 칼을 쥐고 있을 때와는 달리 강한 의지가 느껴지는 얼굴이었다.

"넌?"

"1, 1학년 시노노메 클로딘 마리카입니다! 서쪽 학생이에요!"

"개인적인 연줄이 있다고 말하고 싶은 건가요?"

"아, 네!"

"그쪽으로 가는 게 더 빠른 거죠?"

"네! 학교의 허가도 필요 없고 더 빨라요!"

"……흠…… 그럼 그편이 빠르겠네요."

아무래도 구급차를 부를 필요가 없어질 것 같다. 살았다……. 아니, 이렇게 다쳐놓고 무슨 소릴 하는 거냐는 느낌이 들지만, 눈에 띄지 않고 병원에 갈 수 있다면 그보다 좋은 일은 없다. 지금은 아가씨의 말을 따르자.

"──잠깐만."

"왜, 왜 그러시죠?"

안도해서 오른손으로 가슴을 쓸어내린 것도 잠시, 이번엔 시야 반대편에서 그림자가 드리웠다. 아까 본 선배가 아직 뒤에 있었던 모양이다. 갸루 같은 태평함이 없어진 냉정한 목소리였다.

"자세한 사정을 못 들었으니까 잘 모르겠는데, 그렇게 한다고 사죠 군에게 불이익이 가거나 하진 않겠지?"

시선을 돌려서 보니, 처음에 얼굴을 마주쳤을 때와는 아주 다르게 진지한 표정. 적의를 띤 목소리다. 째려보는 모습이 어딘가 누나를 연상케 하는 한편으로 지독하게 차가운 분위기가 있었다.

"이런 때에 무슨 말을 하는 거예요!"

"미안해. '서쪽'을 믿지 못하는 세대라서."

"……읏……."

기가 죽는 아가씨. 냉정하지 못한 상태라 그런지 대꾸할 말을 찾지 못하는 모양이다.

3학년—— 작년까지 이곳 코에츠 고등학교에서 동쪽의 A~C반, 서쪽의 D~F반의 일부가 서로 충돌했다는 세대. 나는 양자가 재적 중인 학생회 녀석들을 접하고 있어서인지 그다지 실감이 나지 않았다. 당시에는 이런 일이 일상 다반사였다는 건가……?

다만 사정이 좋고 안 좋고 간에 이 상처는 나 스스로 만들어낸 것이다. 아가씨가 관계가 없다고까지는 못하겠지만 실행자는 다른 누구도 아닌 나 자신. 처음부터 아가씨에게 어떤 책임을 지우려는 생각은 없었다. 소동이 커지지 않고 끝난다면, 개인적으로는 오히려 감사할지도 모른다.

아가씨 편을 들어주려고 했을 때 신도 선생님이 말하기 시작했다.

"그만하세요, 오니츠카 양. 1학년인 이 아이한테 꺼낼 얘기인가요? 보건위원인 당신이 지금 우선해야 하는 일은 뭔가요."

"윽…… 죄송합니다."

설교의 한 장면. 이 갸루 같은 선배, 보건위원이었나. 그냥 땡땡이치는 줄 알았다. 고분고분한 걸 보니 나쁜 사람은 아닌 것 같다. 다만 어딘지 갱생 1년 차와 같은 발전하는 도중인 분위기가 느껴졌다. 누나만큼 달관하진 않은 것 같다. 더 이상 불필요한 훼방은 안 놨으면 좋겠는데…….

"시노노메 씨, 연줄이 있다면 호의를 받아들이겠습니다.

바로 이야기를 전해서 병원명과 성형외과의 전화번호를 가르쳐주세요."

"아, 알겠어요! 먼저 데리고 갈 차를 보내도록 연락하겠어요!"

"언제 도착하죠?"

"15분이면 올 거예요!"

"빠르네요. 그럼 전 그의 담임인 오오츠키 선생님에게 연락하겠습니다. 오니츠카 양, 1학년 C반에 가서 사죠 군의 짐을 가져와 주세요."

"응, 알았어!"

"대답은 '네'."

"네! 다녀오겠습니다!"

일이 생각보다 순조롭게 진행됐다. 어째 구급차를 부르지 않고 정리될 것 같다. 게다가 30분 후에는 병원에 갈 수 있을 것 같다. 이게 아가씨가 아가씨인 이유일 것이다. 감사…… 해야 하나? 잘 모르겠네…….

보건위원이라고는 해도 무관한 선배에게까지 폐를 끼쳐서 조금 부끄러웠다. 하지만 이런 상황에 다친 사람이 멋대로 행동하지 않는 편이 좋을 것이다 얌전히 그 자리에서 왼팔을 압박해 지혈에 힘쓰기로 했다.

이동하기 전까지 이 상처를 어떻게 설명할지 생각했다.

6장 ♥ ⟨⋯⋯⋯⋯⟩ ♥ 책임과 분노

　왼손의 처치가 끝났다. 지금은 상처를 소독한 뒤에 연고를 떡칠하고 투명한 랩 같은 것을 사이에 두고 그 위로 붕대를 감았다.

　진단 결과, 내 왼손의 상처는 관통되지 않았고 손등 쪽의 조직으로 인해 도중에 막혔다고 한다. 그리고 정밀검사 결과, 흉기가 나이프 등이 아니라 다행히 재봉 가위라서 신경까지 손상되지 않은 것 같았다. 경과에 따라 따르겠지만 후유증은 아마 없을 것이라고 한다.

　병원 선생님에게는 손을 짚은 곳이 하필 위를 향해있던 공구였다고 설명했다. 학교 측의 질문을 받아도 똑같은 설명을 할 생각이다.

　"저, 저기……."

　"……."

　병원의 집단처치실 같은 곳의 간이침대에 누워 진통 수액을 맞고 있는 내 옆에서 둥근 의자에 앉아있는 아가씨가 걱정스러운 목소리를 냈다. 눈가는 병원까지 데려다준 차 안에서 동행해줬을 때보다 더 촉촉한 것처럼 보였다.

　말은 이어지지 않았다. 애초에 지금에 이르기까지 대화다운 대화는 딱히 없었다.

딱히 무시하고 있는 건 아니다. 어떻게 대하면 좋을지 나도 갈피를 못 잡고 있었다. 왼손에 상처를 입은 경위나 원인을 생각하면 여기서 아가씨에게 따지는 것도 그리 잘못된 일은 아닐 것이다. 다만, 역시 논리와 감정은 별개였다. 감정이 아가씨에게 거친 말을 퍼부으려고 하지 않았다. 눈에 띄지 않게 조용히 병원까지 옮겨준 것도 감사했다.

나는 잠시 생각하다가, 아가씨의 상대는 잠시 미루기로 했다.

"……정말, 감사합니다. 눈에 띄지 않게 끝났을 뿐만 아니라 치료비까지……."

"아뇨, 신경 쓰지 마십시오."

아가씨 뒤에 선 노령의 집사처럼 보이는 할아버지에게 감사 인사를 하니 정중한 대답이 돌아왔다. 이게 흔히들 말하는 '할아범'이라는 존재인 걸까. 현실에, 그것도 요즘 시대에 이런 사람이 있구나. 이야기에 자주 나오는 집사가 아니라 경호원 같은 모습인 게 살짝 아쉽다. 차도 벤츠 같은 고급차가 아니라 택시 같은 것이었다. 실은 조금 기대했었다…….

"……사죠 님."

"아, 네."

사죠 님…… 그런 식으로 불려본 적이 없어서 감동하고 말았다. 황송하게 생각하며 대답하자 할아범은 나를 심각하고 딱딱한 표정으로 내려다봤다.

"방금 진료의에게 한 설명을 들어보니 배려해주신 것 같아서……."

"아…… 그게……."

"……읏……."

치료는 따라온 사람 없이 나와 병원 선생님만 있는 곳에서 이루어졌다. 거기서 상처를 입기까지의 경위도 설명했는데, 아마 나중에 이 할아범에게도 전달됐을 것이다. 다만, 그 '배려'라는 표현에서 뭔가 걸리는 걸 느꼈다. 아가씨를 보니 시선을 피하듯이 고개를 숙였다.

말한 건가.

왜 스스로. 그렇게 생각했지만, 잠시 생각하고 그것도 그런가 하고 납득했다. 정말 바닥에 손을 짚었을 때 상처를 입었다면 다른 집에서 치료비를 내준다는 행위에서는 위화감밖에 느껴지지 않을 것이다. 이 극진한 케어도 그 때문인가.

"거듭 뻔뻔스러운 부탁을 드리게 되겠습니다만, 부디 이번 일은 비밀로……."

자기보다 나이가 몇 배나 많은 사람이 고개를 숙이는 데다가 너무 정중한 말로 간원해서 곤란했다. 고1 꼬맹이가 경험할 일이 아니란 말이지……. SNS 같은 곳에 '손에 뭔가 박혔는데ㅋ'라는 식으로 사진을 첨부해서 투고라도 할 줄 아는 걸까. 아무리 그래도 그건 아니지.

"딱히 뭐, 알겠습니다……."

부탁 따위를 받지 않아도 이 일은 가능한 한 무덤까지 가져갈 것이다. 아가씨 입장에선 어떨지 몰라도 나한테는 흑역사다. 이 상처는 내 손으로 냈으니 말이다……. 몇 시간 후에 느끼는 게 이런 심정이다. 어른이 되었을 무렵에 웃으면서 할 수 있는 이야기라는 생각도 안 들었다.

하지만 입 다물고 있다 해도 이 노골적으로 '다쳤어요!' 라고 주장하는 왼손을 어떻게 취급할 것인가, 그 생각만 해도 우울해졌다.

◆

병원에 도착한 지 약 1시간. 슬슬 학교에서도 모두가 정리를 끝내고 돌아갈 무렵일 것이다. 병원 안은 내가 왔을 때부터 접수처가 닫혀있었고, 나다니는 사람은 거의 없었다. 문화제 실행위원회를 도울 때부터 이런저런 일로 집으로 바로 돌아가는 일이 줄어든 느낌이 들었다. 나, 진짜 귀가부 맞나? 전혀 그런 느낌이 안 드는데.

"약…… 넣을게요."

"아, 네……."

굉장히 의기소침한 아가씨가 오른손을 뻗었다.

처방받은 약이 든 봉투를 건넸다. 아가씨는 양손으로 든 내 가방의 지퍼를 열고는 정성껏 측면 쪽에 찔러 넣듯이 집어넣었다. 가냘퍼서인지, 묘하게 다소곳함이 늘어난 아가씨가 짐을 들어주고 있는 상황에 위화감밖에 안 느껴졌다.

머릿속에서 말을 고르고 있으니, 앞에서 걷는 할아범이 뒤돌아봤다.

"사죠 님. 자택까지 바래다 드리겠습니다."

"그럼——."

"필요 없어!"

"어?"

사양하지 않고 부탁하려고 하자, 그런 내 목소리를 가로막듯이 고압적인 목소리가 할아범의 제안을 잘라버렸다. 과한 거절에 놀라서 목소리가 난 방향을 돌아보니, 숨이 찬 모습으로 허리에 손을 대고 이쪽을 향해 오는 누나가 있었다.

상황을 이해하지 못하고 있으니 누나 뒤에 다른 사람도 있다는 걸 알아차렸다. 유우키 선배와 보건실에 있던 갸루 같은 선배다. 분명…… 오니츠카 선배였던가. 생글생글 웃는 얼굴로 나한테 손을 흔들었다. 뭘 웃고 있는겨.

"타마오, 잠깐 가방 들어줘."

"오케이~."

앗, 저 눈은 위험하다.

본능적으로 그렇게 생각한 것도 잠시, 누나는 할아범의 어깨를 잡아서 치우고 이쪽으로 다가왔다. 누나의 오른쪽 팔꿈치가 공중에 뜬 게 보인 순간, 난 반사적으로 왼손으로 아가씨의 얼굴 앞을 가렸다.

"그만해."

"왜⋯⋯."

빠른 가드가 유효했는지 누나의 주먹은 치켜든 시점에 멈췄다. 저 주먹이 휘둘러졌다면 휘두른 본인도 도중에 멈추지 못했을 것이다. 난 다시 병원 신세를 질 뻔했다.

뒤에 있는 할아범은 누나를 막으려고 했는지 양손을 뻗으려던 상태로 조마조마한 표정을 짓고 있었다. 고령인 사람에게 수명이 줄어드는 느낌이 들게 하다니, 웃을 일이 아니라고.

"⋯⋯읔⋯⋯!"

붕대를 감은 내 왼손을 보고 도저히 학생회의 부회장이라고는 볼 수 없을 정도로 표정을 일그러뜨리고 고개를 숙이는 누나. 분한 듯이 주먹을 내리더니 번뜩이는 눈으로 뒤에 있는 할아범을 째려봤다.

"내버려 두면 좋은 일이 없을 거라고⋯⋯ 충고했을 텐데. 오랫동안 산 늙은이도 어떻게 못 한 건가?"

"그⋯⋯ 노인으로서는 아가씨께서 스스로 극복하기를 기대해서⋯⋯."

"그 결과가 이거야."

"으음……."

누나의 비난하는 듯한 말을 듣고 신음하면서 입을 다무는 할아범. 아무래도 전부터 아는 사이인 것 같다. 아무리 그래도 처음 만나고 자기보다 몇 배나 더 살아온 사람에게 갑자기 그런 태도는 취하지 않겠지. 하지만 누나가 너무 미친개 같았다. 이대로 가만히 보고 있을 수만은 없다.

"용케 여길 알아냈네."

상황이 사건으로 변하지 않도록 이야기를 돌리듯이 말을 던지자, 유우키 선배가 한 걸음 앞으로 나왔다.

"널 보낸 지 한 시간. 하지만 넌 돌아오지 않았고 학생회와 만나고 싶다고 한 자도 나타나지 않았다. 이상하게 생각해서 학생회실로 가보니 명백하게 무슨 일이 있었던 것처럼 실내는 물건이 어질러져 있었고 핏자국도 있었지. 조사한 결과, 전화를 건 사람은 마리카의 꾐에 넘어갔을 뿐인 학교 사무원이라는 것이 판명. 행방을 찾으려는데 카에데에게 안색이 질린 오니츠카가 찾아왔다. 네가 이 병원에 실려 갔다고 말하려고."

"카에데, 엄청 당황했었다구~."

"아, 아~……."

학생회실, 그대로였지……. 아마 누가 봐도 사건 현장처럼 보였을 거다. 현장을 봤을 때의 학생회 일동의 얼굴이 눈에 선했다.

"거기서 무슨 일이 있었는지는 오는 길에 감시카메라를 확인한 카이에게 들었다. 새삼스럽게 설명할 필요는 없다."

"음……."

"와타루는, 우리가 데리고 갈 거니까."

"하, 하지만, 부모님께 설명을……."

"필요 없어. 아무것도 안 해도 돼. 그 대신 두 번 다시 접근하지 마."

"……."

말리려고 미적미적 손을 뻗었지만 말은 나오지 않았다. 이게 누나의 단순한 화풀이라면 몰라도, 내가 모르는 배경이 있는 것 같은 상황에 섣불리 참견할 수는 없다. 이게 여러 차례 주의한 결과라면, 확실히 마땅히 분노를 터뜨려야 한다는 생각이 들었기 때문이다.

"마리카."

당황하고 있으니 유우키 선배가 아가씨를 불렀다.

"전부터 말했을 거야. 난 집안이 결정한 일에 속박당할 생각은 없다고. 직접적으로 말하는 건 피해왔지만, 거기엔 너와의 관계도 포함돼있어."

"아……."

"집안을 잇는 자로서 자신의 입장은 이해하고 있다고 생각해. 그렇기에 시노노메가에는 혈연관계를 맺지 않아도 나쁘게 대하진 않겠다고 전해뒀어. 그런 전근대적인 요소로만 맺을 수 있는 관계 따위는 있어서는 안 되니까."

"저, 전 그저……!"

"지금은 더 이상 말하지 않을게. 하지만 훗날 내 생각을 다시 전할 거야."

"……읏……."

부모가 멋대로 맺은 결혼 약속. 아가씨에게는 그건 다해야 할 책무였지만, 유우키 선배에게는 자신을 속박하는 족쇄에 불과했다. 어느 쪽이 상식적인가 하면 유우키 선배 쪽이다. 보통은 자기 장래의 상대를 부모가 멋대로 정한다는 건 참을 수 없는 일이다. 하지만 저런 미남이라면…… 아가씨가 아니더라도 동경도 할 수 있을 것이다.

"……할 말은 이게 전부다."

그렇게 말하고 성큼성큼 떠나가는 유우키 선배. 저게 조금이라도 다정하게 대한 걸까. 전혀 다정하지 않다. 하지만 이게 정답일지도 모른다. 희망을 남기듯이 차여서 몇 번이고 다가가고 마는 슬픈 괴물 하나를 나는 알고 있다. 왜일까, 아가씨보다 내가 먼저 울 것 같다.

"가자."

"어, 어어……."

턱으로 앞을 가리키는 누나. 유우키 선배의 말을 듣고 가슴이 후련해졌는지, 아까 전보다 차분함을 되찾은 듯했다.

아무래도 구도가 이런데 뻔뻔스럽게 나서는 건 어려울 것
같으니 얌전히 누나를 따라가는 수밖에 없나.

"……아."

내 가방, 아가씨가 그대로 안고 있잖아. 신이시여……
장난이 너무 심하지 않습니까. 제가 뭔가 나쁜 짓이라도
했을까요.

"그…… 아가씨."

"아, 안 울어요……!"

"……."

"안 울어요……."

안에 든 것이 적은 내 가방을 꼭 안고 고개를 숙이고 있
는 아가씨의 얼굴은 긴 금발로 가려져서 잘 보이지 않았
다. 그렇다고는 해도 떨리는 목소리를 듣고 아가씨가 어떤
상태인지는 간단히 알 수 있었다. 필사적으로 허세를 부리
며 자아낸 말은 나에게 있어서는 느닷없이 생긴 완수해야
할 책임이었다.

"……눈물, 안 어울리네요."

죽음을 바랐을지도 모르는 아가씨가 바로 눈앞에서 어
쩔 수 없이 현재를 살고 있다. 이게 다시 일어나기 위한 고
비라면, 아까 한 값싼 말로 나는 그 길을 막을 순 없었다.

가방은 아주 쉽게 아가씨의 손에서 떨어졌다.

슬픔을 받아들이지 않고 자신의 마음에 저항하려는 지

금의 아가씨는 분명 못생긴 얼굴을 하고 있을 것이다. 포기해서 차갑게 식은 눈물과는 달리 열정이 담긴 눈물은 분명 뜨거워서 어쩔 수 없을 것이다. 그걸 무의미한 것이라 생각하고 싶진 않았다. 이루어지지 않는 이상 끝에는 실연과 똑같은 후회가 있고, 후회는 사람을 아름답게 만들 테니까.

다음에 만날 아가씨는 분명 지금보다 아름다울 것이다.

◆

"저건……."

주차장을 지나 로터리에 접어들자, 그 앞에는 왔을 때와는 달리 하얗게 빛나는 긴 차가 있었다. 드디어 진짜 부자 느낌이 나는 차가 나왔다. 지금부터 저걸 타게 되는 걸까.

"~♪"

"으……."

앞에서 나란히 걷는 누나와 유우키 선배의 등을 한창 쫓아가던 도중, 몇 번이고 시야에 들어오는 강렬한 시선. 오른쪽에서 앞뒤로 움직이면서 온갖 각도에서 나를 관찰했다.

"저기, 뭡니까……."

"카에데의 남동생~♪"

"아니, 잠깐……."

슥슥 소재의 감촉을 확인하듯이 내 오른쪽 어깨부터 위팔에 걸쳐서 쓰다듬는 오니츠카 선배. 누나의 동생이라는 걸 안 뒤부터 확실히 주목받고 있다. 이건…… 어쩌면 심플하게 나한테 반한 것일지도 몰라……!

문득 누나를 보니, 그런 나와 선배를 보고 눈을 휘둥그레 뜨고 있었다.

"타마오, 너……."

"음~, 괜찮은 것 같은데."

"그래도 지금은 하지 마."

"그치만 계속 비밀로 해왔잖아~."

"아, 야!"

옆에서 애교를 떨면서 기대듯이 껴안는 선배. 체중이 실린 접촉에 결코 착각이 아닌 살의 감촉이 옆구리에 전해져 왔다. 교복 블레이저를 입고 있어서 그다지 직접적으로 느낄 수 없다는 게 애석하다고 해야 할까. 여름에 만나고 싶었다…….

"아얏☆"

누나와는 또 다른 갸루의 향기를 느끼고 있으니 오니츠카 선배의 머리를 치는 춉이 날아왔다. 이야, 아프다 아파…… 충격이 환부인 왼손에도 전해지는데.

쑥 떨어진 오니츠카 선배는 '아야야……'라며 자신의 머리를 양손으로 누르며 깜찍하게 아프다는 어필을 했다. 행동만 보면 연상으로는 안 느껴지지만, 수험생 특유의 갓 염색한 흑발이 아슬아슬하게 선배라는 느낌을 지키고 있었다.

"얘는 또 이렇게……."

"역시 갸루는 거리감에 버그가 걸려있네요……."

"오니츠카 같은 경우에는 그뿐만이 아닐 건데."

"……?"

"이번 일 말인데……."

대답으로 돌아온 말에서 뭔가 걸리는 걸 느끼고 고개를 갸웃거리고 있으니 유우키 선배는 얼굴뿐만 아니라 몸도 이쪽으로 돌리고 내 눈을 바라봤다. 거리가 가까워서 내가 올려다보는 모양이 되었다. 이 키 차이는 뭐냐……. 이상적인 키스를 할 수 있잖아…….

"미안하다……. 예상하지 못했다."

갑작스러운 사죄. 머리는 숙이지 않아도 시선은 땅을 향하고 있었다. 평소의 담담한 말투와는 달리 숨결만 타고 나온 말꼬리에서는 후회의 빛이 스며 나오는 듯이 느껴졌다. 믿음직한 학생회장님은 내가 아는 한 교활하다. 나는 이게 연기인지 진심인지…… 간파할 수 있을 정도의 눈을 가지고 있지 않았다.

"……."

오니츠카 선배에게서 시선을 거두고 벌레라도 씹은 것처럼 땅을 바라보는 누나는 아무 대답도 하지 않았다. 이 사람은 굳이 말하자면 가슴과 입이 직결된 사람이다. 정말로 이번 일의 책임이 유우키 선배에게 있다고 생각한다면, 누나는 바로 그 말대로라고 심하게 비난했을 것이다. 하지만 그렇게 하지 않는다는 것은 강하게 나갈 수 없는 뭔가가 있다는 것이다. 다른 누구도 아닌── 내가 그렇게 생각하고 있듯이.

"'두 번 다시 접근하지 마'……라. 그렇게 쉽게 잘 될까."

누나가 나를 봤다. 나도 그 망설임의 색이 배어 흔들리는 짙은 보랏빛 눈동자에 눈을 맞췄다. 언젠가 옥상에서 봤던 때와 같았다.

"……무슨."

나도 모르게 책망하듯이 내뱉은 말에 유우키 선배는 의아한 표정을 짓고 이쪽을 보고 있었다. 깔끔하게 없었던 일로 해줄 줄 알았던 걸까. 내가 유우키 선배에 대해 깊이 모르듯이, 유우키 선배도 내가 무슨 말을 꺼낼지 예상할 수 없을 것이다.

"입학한 이후로 누나의 소문을 자주 들어. 영향력이 꽤나 큰 존재인 것 같던데. 하지만 영향력은 클수록 스스로 제어할 수 없게 되지. '내버려 두면 좋은 일이 없을 것'이라고 말했는데…… 그게 누나가 할 말일까?"

"자, 잠깐만. 애초에 마리카와의 일은 나로 인해 생긴 일이야. 카에데는 일방적으로 원망받는 것에 불과해. 카에데에겐 책임이——."

"아가씨뿐일까요?"

"……뭐?"

"누나를 원망하는 사람은…… 아가씨뿐인가요?"

"……."

확실히 이번 일은 특수했다. 유우키 선배와 아가씨가 약혼자라는 관계가 발단이 되어 일어난 기이한 일이다. 엉뚱한 원한인 것은 틀림없지만, 이런 일을 미리 파악해야 할 유우키 선배조차 알아차리지 못했다. 굳이 말하자면 누나가 아니라 유우키 선배에게 잘못이 있다는 건 틀림없을 것이다. 하지만 유우키 선배의 자세만으로 아가씨가 그런 흉행을 저지른다는 행동에 이를 것 같지도 않았다.

"과거에 코에츠 고등학교에 사건이 있었다는 건 입학한 뒤에 알았어. 자세히는 모르겠지만 지금의 학생회가 힘을 써서 수습됐다는 건 파악하고 있어. 몇 년 전까지는 금방 손이 나가는 양아치였잖아. 솔직히 누나를 원망하는 사람이 아가씨뿐일 것 같지 않아."

"그건……."

자각이 있는지 누나는 시선을 떨구고 고개를 숙였다. 이유가 어찌 됐든, 누나는 한 가지 형태로 해를 입을 뻔했다. 조금 틀린 선택을 했다면 재봉 가위는 내 왼손이 아니라 누나의 두개골에 구멍을 뚫었을 가능성이 있었다. 설마 자기라면 힘으로 제압할 수 있었다며 낙관적으로 보고 있는 것도 아닐 것이다.

"'약하니까 이렇게 된다' '약하니까 싸울 수 없다' '그러니 힘을 가질 필요가 있다'── 전부 누나가 옛날부터 지금까지 한 말이야. 앞으로도 그렇게 필요 없는 힘으로 적을 만들어나갈 생각이야?"

"잠깐, 대체 무슨 말을⋯⋯."

"아버지는 가족을 지키기 위해 체면을 버렸어. 그 결과 아버지는 의도한 대로 지키고 싶은 것을 지킬 수 있었지. 그래서 지금의 우리가 있어."

"⋯⋯읏⋯⋯!"

아버지의 이름을 꺼내자 누나는 얼굴을 들고 표정을 더욱 일그러뜨렸다. 미워하진 않지만, 반면교사로 삼고 있는 존재를 비교 대상으로 드니 가만히 있을 수 없을 것이다.

"지금도 아버지가 그때 잘못했다고 생각해?"

"그건⋯⋯!"

누나는 주먹을 굳게 쥐고 망설임이 보이는 얼굴로 이를 갈았다. 당장이라도 날뛰기 시작할 것 같은 분위기였지만, 그것도 이미 익숙해졌다. 내가 한 말을 받아들이지 못한다는 건 얼굴을 보면 알 수 있었다. 하지만 감정에 몸을 맡기고 힘을 떨치기에는 너무 어른이 된 것 같았다. 누나가 지키고 싶은 것에 내가 어설프게 포함된 탓일지도 모른다.

"——카에데는 틀리지 않았어~."

"야…… 타마오……!"

그 순간 오니츠카 선배가 힘차게 누나를 안았다. 갑작스럽게 일어난 일에 누나의 얼굴에서 일그러진 표정이 사라지고 당황한 기색이 떠올랐다. 나도 마찬가지로 판을 뒤집는 듯한 오니츠카 선배의 행동에 아무 반응도 하지 못했다.

"카에데가 없었으면 난 여기에 없었을 거고~, 학교도 지금처럼 안 돼 있었을 거고~, 카에데는 대단하다~?"

"어……?"

"그리고~, 카에데가 누군가에게 원망을 받는다고 해도 우리가 어떻게든 할 거거든. 그죠? 학생회장님?"

"……그래. 그 말대로다."

"……."

오니츠카 선배가 볼을 딱 붙여서 괴로워하는 표정으로 밀어내려고 하는 누나. 그 바보 같은 힘으로도 갸루 친구의 흡착력을 웃도는 건 불가능한 모양이다. 학생회장님이 부럽다는 듯이 보고 있다. 아니 잠깐만.

"다리 아퍼~, 빨리 가자."

"알았어! 알았으니까 이거 놔!"

"오케이~."

"……."

누나가 오니츠카 선배에게 강제로 끌려갔다. 처음 보는 존재다. 설마 누나를 생각대로 다룰 줄이야. 나한테도 잘 대해주는 갸루이고, 보아하니 보통 사람이 아니구나?

"……기분은 풀렸나?"

"뭐. 애초에 저도 뭐가 옳은지는 모르니까요."

"……그런가."

애초에 평소에 그렇게 깊은 생각을 하며 살고 있지 않다. 단, 한 가지 유의하고 있는 것이 있다면 부주의하게 불필요한 책임을 지지 않으려고 노력하고 있다는 점이다. 실현하고 있는지는 차치하더라도.

"그럼…… 저도 그 고급차에 실례를……."

"──무슨 일이 있었지?"

"네?"

양해를 구하고 차를 타려고 했는데 유우키 선배가 낮은 목소리로 말을 이어나갔다.

"카에데에 대해서는 과거에 조사한 적이 있다. 보통 사람에겐 없는 행동력, 폭력을 거리끼지 않는 담력…… 과거가 평범한데 저런 여자가 태어날 것 같진 않았지. 너라는 동생이 있다는 것도 조사하는 과정에 알았다."

"네에……."

갑작스러운 이야기에 한심한 목소리를 내는 수밖에 없었다. 반한 것 같은 여자에 대한 평가라는 생각은 도저히 들지 않았다. 자기 누나가 괴물 같은 녀석이라는 평가를 받았는데, 난 어떤 반응을 돌려주면 좋을까. 그야 그런 여자가 가까이에 있으면 조사하겠지.

"하지만 카에데나 너와 접하고 있는 동안 갑자기 모르는 정보가 튀어나오는 경우가 있다. 보통은 집안에서 조사하면 금방 나오는 정보다. 적어도 카에데와 아버지의 사이에 대한 이야기는 들은 적도 없다."

"아니, 뭐, 보통은 그렇지 않을까요……."

애초에 다른 사람의 집안 정보 같은 건 어디서 조사하는 거냐고. 서적에 실린 것 이외의 과거 에피소드 같은 건 모르는 게 보통 아닌가? 어떤 차원으로 당연함을 이야기하고 있는 건지 모르겠는데.

"아버지와 누나 사이에 불화 같은 건 딱히 없어요. 사고방식이 다를 뿐이지."

"그런가……."

누나는 아버지를 강하게 비난한 적이 있다. 하지만 한편으로 적절한 판단으로 가족을 지켜낸 아버지를 인정하고 있는 것 또한 확실할 것이다. 평범하게 일상 대화를 하고 있으니.

"그럼 갈까요."

"……그래."

약간 앞에서 오니츠카 선배에게 휘둘리고 있는 누나를 언짢은 눈으로 바라보는 유우키 선배. 누나에게 맹목적인 연심을 품고 있는 줄 알았는데, 그렇게 간단한 문제가 아닐지도 모르겠다.

——조사해도, 나오지 않는다, 이건가…….

어렸을 적, 막 철이 든 나는 그저 누나 뒤를 따라서 흉내내기만 하는 막내였다. 그 상태로 지금에 이르렀다면 평범한 나이 차이가 얼마 안 나는 남매처럼 서로를 성가시게 여기면서도 같은 가족으로서 같은 곳을 바라보고 있었을 것이다. 결과적으로—— 아마 우리는 그런 관계는 되지 못했다. 누나는 '그렇지 않다'고 우길지도 모르지만. 난 누나와 나 사이에 명확한 차이가 있다고 생각한다.

물러날 때를 잘못 안 남자가 한 명 있었다. 지금 생각해 보면 그 사람은 어린 누나의 입장에서는 동경심을 품은 첫사랑 상대였을 것이다.

그때부터 누나는 약한 것을 악으로 여기고 힘을 기르게 되었다.

그때부터 난 아버지와 똑같이 성가신 일을 피하게 되었다.

그때부터 나와 누나의 눈에 보이는 것은 똑같지 않게 되었다.

7장 ♥ ⟨·············⟩ ♥ 예기치 못한 소식

"응, 응······ 좋았어."

교문 옆. 땀이 배어 나오는 볼을 쓰다듬는 시원한 가을바람의 상쾌함에 소녀—— 나츠카와 아이카는 미소 지었다. 손에 있는 바인더 사이에 끼워진 작업 체크리스트 종이에 펜을 넣고 큰 작업 하나를 끝낸 달성감에 미소 짓고 옆머리를 귀에 걸었다. 시각은 폐회식을 마친 후 약 1시간 반 지난 시점이었다.

문화제 철수 작업에서 실행위원은 지시·유도 역할을 맡는다. 학교 안의 각 장소가 문화제 전의 상태로 돌아가 있는지 확인하기 위해서다. 아이카는 시야 끝에 컬러 테이프 쓰레기를 발견하고는 그걸 주워서 가까이에 있는 학생이 들고 있는 쓰레기봉투에 넣었다.

실행위원도 슬슬 철수인가. 그렇게 생각하고 주위를 둘러보는 아이카의 등에 한 줄기 그림자가 뻗었다.

"——저, 저기!!"

"?"

변성기가 지난 지 얼마 안 된 듯한 남자의 살짝 쉰 목소리가 울렸다. 아이카는 주위의 학생과 함께 목소리가 난 방향을 봤다. 그곳에는 하얀 후드티, 오버사이즈 카고팬츠를 입고 짧은 머리를 왁스로 세운 소년이 교문 끝에 서 있었다. 햇볕에 탄 건지 까무잡잡한 피부와의 대비가 특징적이었다. 기분 탓이 아니라면 소년은 아이카를 똑바로 바라보고 있었다.

"아, 잠깐만. 이제 관계자 외에는——."

"——저, 전에!"

"어?"

"하, 학교 안내를 받았을 때부터, 잊을 수가 없어서! 정신 차리고 보니 계속 당신을 생각하고 있어서……! 제가 코에츠 고등학교에 합격하면 사귀어주세요!"

갑자기 들이닥친 뜨거운 고백. 목소리가 커서 교사 건물에 세게 메아리쳤다. 내용도 내용이라 아이카는 놀란 나머지 그 자리에서 굳어버렸다. 머리에 떠오르는 것은 여름방학 때 중학생들을 데리고 고등학교 부지 안을 안내했던 기억. 그중에 유난히 반항적인 중학생 소년이 있었다며 그때의 기억을 떠올렸다.

"와~, 뭐야 뭐야, 고백?"

"세상에, 중학생?"

"대단하네, 진짜냐……."

"……아……!"

5초 정도의 공백이 생겼고, 아이카의 사고 회전은 소곤소곤 소리를 죽인 새된 목소리에 의해 재개되었다. 크게 눈에 띄어서 부끄러워져 얼굴이 뜨거워지는 것을 자각하면서, 어떻게든 해야 한다고 생각하며 그 소년을 봤다.

그 순간── 큰 그림자가 아이카의 바로 옆을 지나갔다. 발을 내딛으려고 한 아이카는 당황해서 멈춰 섰다.

"──자~. 때와 장소를 생각해야지, 중딩."

"앗?!"

그리고 또 한 명, 검은 티셔츠를 입은 남학생이 소년의 어깨에 팔을 둘렀다. 아까 전까지 무대장치 해체 작업에 힘쓰고 있던 선배. 거기에 또 한 명, 두 사람과 재학 중인 남학생들이 다가가 중학생 소년을 교문에서 바깥으로 멀리 떨어뜨렸다.

"자, 잠깐……?!"

"근성은 대단한데~."

"폐를 끼치면 안 되지."

중학생 소년은 저항한 것 같았지만, 아무래도 연상 남자들에게 둘러싸여 끝까지 계속 저항할 수는 없었던 것 같다. 교문에서 약간 떨어졌을 때 조용해졌다. 난폭한 짓은 당하지 않을까 조금 걱정됐다.

"여어, 괜찮아? 1학년."

"아…… 아, 네."

많은 선배가 움직여줘서 멍하니 있는 사이에 사태가 수습됐다. 교문 밖에서 검은 티셔츠를 입은 남학생이 돌아왔다.

수단은 알 수 없지만, 아무래도 저 중학생 소년과 이야기를 매듭짓고 온 듯했다. 주위에 있는 동급생들로부터는 마음을 가다듬는 듯한 목소리와 연애를 좋아하는 여자들이 조금 실망하는 듯한 목소리가 들려왔다.

"뭐, 진짜로 붙으면 생각해주는 게 어때?"

"아…… 네…… 아하하."

가까이에 있던 여자 선배가 남의 일인 것처럼 말했다. 실제로 그렇긴 하지만, 그렇게 쉽게 권할 필요는 없는데…… 하는, 어딘가 납득이 안 되는 기분에 휩싸였다. 어떻게든 억지로 웃어서 그걸 대답으로 삼았다.

작업이 재개되었다. 재개한다고 해도 남은 일은 짐을 들고 철수하는 것뿐이다. 아이카는 집중력이 깎인 느낌 그대로 인파를 따라갔다. 머릿속에서는 솔직하고 직설적으로 밝힌 뜨거운 마음이 몇 번이고 되풀이되었다. 인상이 아주 깊이 새겨져버렸다.

다만 신기하게도 미지와의 조우로 인한 충격은 느껴지지 않았고 어딘가 그리웠다. 반복되는 목소리는 눈치채지 못하는 사이에 다른 소년의 것으로 바뀌었고…… 아이카가 그걸 깨닫는 일은 없었다.

◇

문화제 실행위원회 회의실에는 많은 학생이 모여 있었다. 아이카는 귀환이 늦은 편이었다. 선배를 기다리게 했을지도 모른다는 미안함에 자세를 낮추고 빠른 걸음으로 정해진 자리로 향했다. 그 왼편에는 같은 반 실행위원 남자인 사사키가 앉아있었고, 안쪽에는 동성 2학년 선배인 이노우에의 모습도 있었다.

　가까이 가자, 그 선배와 눈이 맞았다.

　"——사랑의 외침을 들었다면서?"

　"하홋?!"

　씨익 웃는 이노우에의 입에서 나온 말에 아이카의 입에서 전에 없을 정도로 높이 튄 목소리가 나왔다. 아이카는 놀라서 황급히 자신의 입을 막았다. 다시 주위의 시선이 모여서 부끄러워져 위축되었고, 장난을 건 이노우에는 그런 아이카의 모습을 보고 크게 기뻐했다.

　"당황하고 있네! 진짜 귀여워~!"

　"아, 으……."

　사사키 너머로 손을 뻗어 아이카의 등을 팡팡 때리는 이노우에. 아이카는 그다지 경험한 적 없는 장난을 얼굴을 빨갛게 물들인 채로 달게 받아들였다.

　"잠깐, 선배……! 닿아요, 닿고 있어요……!"

　"하, 기분 나빠."

　사사키는 옆머리로 남자친구가 있는 선배의 흥분을 격

렬하게 느껴 동요를 숨길 수 없는 듯했다. 이제 막 여자친구가 생긴 그에게 구원이 있기를——.

"그럼, 수고했어. 다음 점심시간에 작은 뒤풀이를 할 거니까 잘 부탁할게."

"네~."

마지막 인사를 끝내고 이래저래 드라마가 많았던 문화제가 끝났다. 실행위원 중에서 특히 외모의 변화가 큰 사람은 위원장인 하세가와일 것이다. 성실함을 상징하는 땋은 머리는 사라지고 숏컷으로. 안경을 콘택트렌즈로 바꿔 완전히 촌티를 벗은 인상이 강해져 있었다. 마치 실연이라도 한 듯한 변화다. 자리를 파하는 목소리는 완전히 여유를 되찾았다.

"좋아! 그럼 갈까!"

"사이토도 기다리고 있지."

"그, 그렇지!"

해산할 때까지 긴장감 있는 최종 미팅에 아이카는 어떻게든 냉정함을 되찾았다. 아이카는 그저 자기 교실로 돌아가기만 하는데 기염을 토하는 사사키에게 최근의 트렌드를 픽업해서 답했다. 여자는 사랑에 설레는 것으로부터 시작되는 존재이며, 그건 아이카도 예외가 아니다——. 사사키에 대한 주목도는 교실에서 기다리고 있을 요조숙녀와 교제를 시작하기 전보다 명백히 높아져 있었다.

(──그런가…….)

　사사키의 옆이 아닌 한 걸음 뒤에서 걷는 아이카는 왠지 여유가 없는 등을 보면서 생각했다. 최근 그런 이야기가 늘었구나, 하고. 중학생 때와는 다른 인간관계 변화에 아이카는 시간의 흐름을 느끼지 않을 수가 없었다.

　(어떻게, 할까…….)

　아까 전의 충격적인 사건, 소년의 감정이 담긴 외침을 떠올리면서 자신의 마음 표층의 뚜껑을 열어 안을 들여다봤다.

　마음속에 아련한 감정이 있다. 아마 최근에 생겼을 것이다. 톡 하고 침전하는 물방울의 덩어리 같은 그것은 표면을 훑으면 아이카에게 강한 자극을 돌려줬다. 과감하게 손을 대면 참지 못하고 소리를 질러버릴 것만 같은 충동이 치밀어 올라 아이카의 손발에 억누를 수 없는 에너지를 전해줬다. 그래서 섣불리 만질 수 없었다.

　눈앞에서 걷는 사사키의 교제 상대인 소녀에게도 분명 자신과 같은 것이 있을 것이다. 훑었을 때, 손을 댔을 때, 같은 자극이 몸에 전해져서 놀랐을 것이다. 처치 곤란해서 고민했을 것이다. 그리고 지금, 그녀는 가까스로 붙잡은 존재와 함께 만반의 준비를 하고 그 감정을 접하려 하고 있을 것이다. 분명── 이상적인 형태로.

　(어떡하면, 좋을까…….)

어딘지 부족하다고 느낄 정도로 마음의 갈증은 한 번에 가속되었다. 그렇게 되고 나서야 처음으로 과거를 후회했다. 그걸 없애는 방법은 본능이라는 이름의 설명서에는 적혀있지 않았다. 정말 사람의 마음은 불완전하다.

인간은 그런 신의 실수를 이성으로 자신을 다스려 뒷수습한다. 그렇게 할 수 있어야 인간은 비로소 어른이 된다. 자신을 채우기 위해 때로는 타인을 필요로 한다는 것을 깨닫지 못하는 아이카는 미숙하기 짝이 없었다.

그런 가운데 마음속이 메마른다는 것이 얼마나 쓸쓸한 일인지 알게 되었다. 이 한 방울의 물기를 잃지 않도록 하기 위해서는 어떻게 하면 좋은가. 소녀의 마음이라는 특수 스킬로 인해 아이카는 그 답이 눈앞에 있는 샘플의 행방에 있지 않을까 하고 느꼈다.

"──아웃."

"어이쿠."

어떤 해프닝을 느끼고 바닥을 향하고 있던 시선을 올렸다. 복도 모퉁이, 앞에서 걷는 사사키와 몸집이 작은 한 여자애가 부딪친 것 같았다. 다행히 넘어지는 등의 큰일은 일어나지 않은 것 같았다. 소녀가 부적처럼 양손으로 가슴에 안고 있는 스마트폰이 눈에 들어왔다. 너무나도 열심인 그런 그녀의 모습을 보고 아이카는 미소 지었다.

"어라, 이치노세. 무슨 일이야?"

그녀의 마음에도 같은 것이 있을까.

아이카가 보기에 눈앞에서 눈을 깜빡깜빡 깜빡이는 소녀는 작은 동물 같아서 귀여웠다. 객관적으로 보더라도 동성이라도 보호욕구를 불러일으켜 자기도 모르게 지켜주고 싶어지는 감정을 품게 될 것이 틀림없다. 하지만 아이카는 지금만큼은 의식적으로 양심을 수반하지 않으면 그녀에게 손을 내밀 수 없었다. 굳이 말하자면 동생이 있어서 다른 사람을 돌봐주는 걸 좋아한다는 자각이 있는데, 내심 이상하다며 고개를 갸웃했다.

"괜찮아? 이치노세."

"아, 네…… 죄송합니다……."

그녀가 소심하다는 건 주지의 사실이다. 그다지 이야기한 적이 없고, 덩치 차이가 나는 사사키가 원활하게 대화를 진행하는 건 어려울 것으로 느껴졌다. 아이카가 대화를 이어받은 후, 사사키는 아이카의 동의를 얻고 기합을 넣고 교실로 향했다. 굿럭.

"저, 저기…… 나츠카와 양."

"응. 왜?"

여유 없어 보이는 작은 목소리를 내는데 악감정 따위는 눈곱만큼도 품을 리가 없었다. 아이카는 역시 다른 사람을 잘 돌봐주는 면을 발휘해서 눈앞에 있는 소녀에게 물었다. 몸을 살짝 숙여서 키를 맞춘다는 옵션도 포함돼있다. 아이카의 언니로서의 의식이 기어를 한 단 올렸다.

"──사죠 군, 어딨는지 모르나요."

"으음……."

의식, 중립.

왜인지는 모르겠지만 아이카는 자기도 모르게 웃는 얼굴인 채로 굳어버렸다. 바로 정신을 차리고 어떻게든 감탄사로 대화를 이었다. 아무래도 눈앞에 있는 소녀는 양손으로 스마트폰을 꼭 쥐고 땀을 살짝 흘리면서 열심히 발걸음을 재촉하여 바지런히 사죠라는 이름을 가진 소년을 찾고 있는 듯했다.

"……와타루가, 왜?"

"그, 그러니까…… 안 보여서…… 연락해도 답이……."

소녀는 그렇게 말하면서 스마트폰 화면을 보고 주위를 둘러봤다. 그 시점에 아이카는 이 여유 없는 모습이 소극적인 성격 때문에 나온 것이 아니라 정말로 초조해하고 있기 때문에 나온 것이라고 느꼈다.

"반을 정리하고 있던 거 아니었어?"

"모, 못 봤어요……."

"못 봐……?"

교실이라는 한정된 공간에서 모습을 못 봤다는 건 이상한 이야기다. 사죠 와타루라는 소년은 문화제 실행위원회에도 크게 관계가 있는 존재인데, 그렇다면 방금까지 아이카가 있었던 회의실에 있어도 이상하지 않다. 그렇다면…….

"학생회나 선도부이려나……?"

"네……?"

"학생회에 누나가 있어. 몰라?"

"…….'

당황한 표정을 짓는 갸륵한 소녀. 아무래도 이 학교의
부회장이 사죠 와타루의 백으로 있다는 건 몰랐던 모양이
다. 약간 기분이 좋아졌다. 새삼스럽지만 대단한 사람의
동생이구나, 하고 아이카는 와타루의 입지가 보통이 아니
라는 것을 재인식했다.

"선도부는…….'

"……?"

"선도부는—— 뭘까?"

크고 둥글고 처진 눈이 이상하다는 듯이 아이카를 올려
다봤다.

선도부장 선배인 시노미야 린은 늠름한 행동이 특징적
이며 이 학교 여자들의 동경이다. 아이카의 절친한 친구
인 아시다 케이도 예외가 아니며, 반짝이는 눈으로 멀리
서 바라보고는 칠칠치 못한 웃음을 짓는 일도 자주 있는
일이었다.

와타루는 왜인지 그런 선도부장과 엮이는 일이 많고, 가
끔 점심을 같이 먹는 경우도 있다. 단순히 누나의 친구라

143

는 인연 때문이라면 이해가 되지만, 사이에 누나를 끼지 않고 귀여움받고 교실로 돌아오는 경우가 있다. 본인도 의문스러워했다.

"아마…… 금방 돌아오지 않을까."

"음……."

어쨌든 와타루는 이래저래 연상 누나들에게 휘둘리고 있다는 인상이 있다. 이번에도 또 뭔가 다른 일을 떠안고 아련한 눈으로 작업을 하고 있을 것이다. 아이카는 그렇게 결론을 내렸다.

"가자. 이치노세."

"아, 네……."

문화제 실행위원회도 해산했으니 돌아가기만 하면 된다. 이보다 교실에서 멀어지면 눈에 띌지도 모른다. 걱정스럽게 자신의 스마트폰을 바라보는 소녀를 보면서 아이카는 눈썹 끝을 내리고 웃었다.

"……."

일상이 돌아오고 학생이 저마다 잡담에 열중하는 교실. 아이카는 창가 가장 뒷자리에서 눈앞의 사람 없는 자리를 바라봤다. 그곳은 다른 누구도 아닌 방금까지 소녀가 찾아다니던 사죠 와타루의 자리였다. 나무 의자가 책상 위에 거꾸로 올라가 있고 가방도 올라가 있어서 아이카가 내려주고 짐은 책상 옆 고리에 걸어줬다.

"사죠찌 녀석~, 뒷정리를 땡땡이치고 말이야……!"

"케이."

그때 불만스러운 표정을 지은 친구가 다가왔다. 노란 후드티 위에 블레이저를 걸쳐 입고 걸으면서 머리 뒤로 손을 모아 베개를 만들고 입을 삐죽 내밀고 있었다. 아이카가 이름을 불러 대답하자 케이는 그대로 와타루의 자리에 앉았다.

"어디에 불려갔는지는 모르겠지만 말이야. 반에서 하는 건 전부 땡땡이치는 건 좀 아니지 않아?"

"그건…… 그렇네."

"메시지를 보내도 답도 없고. 어디서 여자애나 홀리고 있겠지~."

"아니, '홀리다'니……."

케이의 심한 불평에 아이카는 쓴웃음으로 답했다. 케이는 화가 잔뜩 난 기색으로 계속해서 말했다.

"츤데레 동급생부터 시작해서 연상 누나, 마스코트, 연하 누나, 브라콘인 사사키찌 동생! 이번엔 뭐야? 갸루라던가?"

"그 라인업은 뭐야…… 누나까지 들어가 있고── 아니, 누가 츤데레야?!"

"이히힛, 미안미안!"

"정말……!"

슬쩍 단정하는 케이에게 쓴소리를 하면서도 대화에서 나온 어떤 부분에 마음이 걸렸다. 아까 와타루를 찾고 있던 소녀와 마찬가지로 케이도 연락이 안 된다고 한다.

아이카는 케이에게 확인했다.

"계속 불러도 답이 없어?"

"응. 아이찌는?"

"난 지금부터……."

"아이찌도 모르는구나…… 이렇게 됐으니 단톡방에 투하해버리자!"

아이카는 스마트폰을 켜서 그다지 열지 않는 와타루와의 개인 대화 화면을 열었다. 마지막으로 둘이서 대화한 것이 문화제 전날 밤이다. 집에 가는 길에 헤어진 후, 오늘 함께 문화제를 돌아보는 것에 대해 약간 이야기하고 자기에는 조금 이른 시간에 서로 '잘 자'라고 보내고 대화의 매듭을 지었다. 딱 한순간 입꼬리가 올라갔지만, 바로 마음을 다잡고 화면에 엄지를 놀렸다.

[지금 어딨어? 이제 곧 해산이야.]

송신. 5초 기다렸다. 읽음 표시는 안 뜬다.

그대로 화면을 보고 있으니 반 단톡방 쪽에 케이가 메시지를 보냈다.

[반 정리 땡땡이친 사죠찌. 뒤풀이 쏴라.]

"아, 뒤풀이······."

"그래! 이제부터 뒤풀이야! 오오츠키한테는 비밀이야!"

"서, 선생님······."

[사죠만 노래방 채점제다.]

[3키 올려서.]

케이의 메시지에 덧붙이듯이 다른 반 친구들이 와타루에게 쌓인 불만을 토로해 나갔다. 생각 이상으로 반 정리에 참가하지 않은 죄는 큰 듯했다. 은근히 케이가 제일 처음 한 발언의 위력이 가장 셌다.

"······답장, 없네."

"뭐 하고 있는 걸까······."

개인 채팅 화면엔 아직 읽음 표시가 뜨지 않았다. 케이도 마찬가지인 것 같았다. 아무래도 어떤 문제에 휘말린 게 아닌가 조금 걱정이 되어 둘이서 얼굴을 마주 봤다.

"전화, 할래······."

"그게 좋겠네."

"보자······."

사실 스스로 전화를 건 적이 없는 아이카는 화면상에서 통화 마크를 찾았다. 겨우 찾아서 착신 화면으로 전환하고 스마트폰을 귀에 대고 와타루가 받기를 기다렸다. 걱정하는 것도 있었지만, 처음 시도하는 통화에 고동이 빨라졌다.

"……음."

"안 받아?"

"아니, 조금만 더──."

"실례합니다~!"

"'!'"

전화를 걸기 시작한 지 십몇 초. 갑자기 주위의 술렁임을 덮어버리는 듯한 밝은 목소리가 교실에 울려 퍼졌다. 큰 목소리를 듣고 케이와 둘이서 시선을 돌리니, 3학년을 나타내는 색의 넥타이를 한 여학생이 교실 뒤에서 뛰어서 들어왔다.

"저기 저기, 여기 C반? C반 맞지?"

"그, 그런데요."

웨이브 진 긴 흑발을 가진 선배. 목소리나 행동에서는 성실한 학생이라는 인상을 받을 수 없었다. 갑작스러운 방문자에 교실 안은 다른 웅성거림에 휩싸였다. 당연히 아이카와 케이도 다시 서로의 얼굴을 마주 봤다.

와타루가 홀리는 사람 후보의 특징을 가진 그녀는 그런 주위의 시선은 아랑곳하지 않고 교실 뒤에서 두리번거리며 뭔가를 찾고 있었다.

"있잖아, 동생 군── 사죠 군의 자리는 어디야?"

"네……?"

"예?"

갑자기 소동의 중심인물의 입에서 와타루의 이름이 튀어나와 아이카와 케이는 무심코 얼빠진 소리를 내고 말았다. 정체불명의 선배는 가까이에 있는 남학생에게 와타루의 자리가 어딘지 알아내고는 아이카와 케이가 있는 곳으로 시선을 돌렸다.

"어……?"

"아, 여기, 예요."

"아, 네가 앉아있었구나."

"네…… 아, 잠깐!"

"함부로……!"

케이가 와타루의 자리에서 일어나 자리를 비웠다. 정체불명의 선배는 자리 옆까지 오더니 아무 말도 없이 와타루의 가방을 들고 그대로 가려고 했다. 아무래도 너무 막무가내라서 둘이서 불러 세웠다.

"왜 그래? 지금 급한데."

"자, 잠깐만요, 저기, 무슨 일이──."

"걔 지금부터 병원 갈 거야. 오늘은 안 돌아올 거야."

"네……?!"

"아까도 말했지만 서두르고 있거든! 고마워!"

"아……!"

자세한 사정을 물어볼 틈도 없이 정체불명의 선배는 밝은 분위기를 그대로 유지하고 떠나갔다. 한 박자 늦게 아이카와 케이가 뻗은 손은 잡는 것 없이 허공을 헤맸다. 당당하게 공언된 와타루의 부재 이유에 교실 안이 고요해졌다.

"설마…… 사죠 또 쓰러졌나?"

어떤 남학생이 중얼거렸다. 그걸 계기로 더한 술렁거림이 교실을 뒤덮었다. 선배가 일부러 짐을 가지러 오는 사태에 걱정하는 목소리도 적지 않았다. 와타루와 관련이 적은 일각에서는 험담 같은 억측까지 난무하는 듯했다.

"…………."

"…………."

눈앞에서 소식을 들은 아이카와 케이는 무슨 일어났는지 이해하지 못하고 그 자리에 굳었다. 교실 반대편 창가에서는 갸륵한 소녀가 얼굴을 파랗게 물들이고 똑같이 멍한 상태에 빠져있었다.

◇

'와타루가, 병원에──.'

목소리도 내지 않고 가슴속으로 중얼거린 말을 마지막으로 아이카는 케이와 이야기할 상황이 아니게 되었다. 진상을 확인하기 위해 지금 당장 달려 나가고 싶은 충동에 사로잡혔지만, 케이가 아이카의 팔에 손을 살짝 대며 고개를 저었다. 홈룸을 앞둔 그녀들에게 자유는 없었다. 불안

한 손끝으로 스마트폰의 화면을 더듬어 걱정하고 있다는 뜻을 와타루에게 전하려고 했지만, 병원에 가는 이유도 모르는 채로는 어떻게 말을 꺼내야 하는지조차 알 수 없었다.

"……."

"아, 아이찌…… 침착하자?"

어지간히 침착하지 못했는지, 그 자리에서 정신없이 안절부절못하는 아이카를 케이가 진정시켰다. 아이카는 그런 친구의 걱정스러운 눈길에 움직임을 멈추고 풀이 죽어 고개를 숙였다.

"걱정되지, 그렇지."

"……응."

보조를 맞춰주는 듯한 말을 듣고 아이카는 그제야 마음을 가라앉힌 모습을 보여줬다. 정신을 차리고 보니 자리에 앉혀져 있었다. 뒤에서 케이의 팔이 아이카를 감싸 조급해진 마음에 명주솜 머플러를 둘렀다.

"사쵸찌잖아, 괜찮을 거야."

"……응."

귓가에 살짝 속삭이는 목소리. 마음이 진정됐다는 자각이 있는 아이카는 이성적으로 순순히 수긍했다. 이런 때에 사람의 온기를 향유하고 있을 상황이 아니라며 마음이 저항하는 반면, 핏기가 가신 목을 따뜻하게 해주는 포근함을 부정할 수 없었다. 아이카는 책상 위를 가만히 바라보면서 흘러가는 시간이 느려지는 것을 느꼈다.

◇

　"사죠 군은 조금 다쳤다고 해서 병원에 갔습니다. 조금
만 더 조심했으면 무사히 문화제를 끝낼 수 있었는데, 안
타깝게 됐구나."

　"다쳤다니……."

　아이카가 고대하던 홈룸. 담임선생님인 오오츠키가 이
야기한 진실로 인해 와타루의 용태에 대해 한 가지 정보를
얻었다. 예상했던 여러 케이스 중에서 최악이라 할 수 있
는 진실이었다. 그렇게 장난스러운 동급생들도 이런 상황
에 농담하는 사람은 없었다.

　"자, 그럼 모레부터의 일인데――."

　화제는 바로 다른 연락 사항으로. 오오츠키는 굳이 분위
기가 무거워지지 않도록 분위기를 컨트롤한 것이었다. 손
바닥 위에서 놀아난 학생들은 금방 평상심을 되찾았다. 그
리고 화제는 이 뒤에 기다리고 있는 아저씨 직원들과의 회
식에 대한 불평으로―― 반 이상의 학생은 그 이야기를 듣
고 웃음을 짓고 머리에서 와타루에 대한 이야기를 잊어버
렸다.

　홈룸이 끝나고 해산 통보를 하자 아이카 곁에 케이와 사

사키가 다가왔다. 그 뒤를 당황한 기색의 사이토 마이가 쫓아왔다. 이제 막 사귀기 시작한 남자친구가 홈룸을 끝내고 제일 먼저 다른 여자에게 가니 그 심정은 복잡할 것이다.

사사키가 딱딱한 표정으로 아이카에게 말을 걸었다.

"나츠카와…… 뒤풀이, 어떡할 거야?"

"어……?"

그건 사사키 나름의 배려였다. 그런대로 아이카를 좋아한 적이 있는 그는 아이카가 친한 사람이 다쳤다는 걸 잊고 재밌게 놀 수 있는 여자아이가 아니라는 것은 알고 있었다. 망설인다 해도 그 망설임은 짧았고, 어떻게 생각해도 재밌게 놀 수 있을 것 같지 않다는 느낌이 든 아이카는 참가하지 않는 방향으로 마음이 기울었다. 거절하려고 사사키를 보고 입을 열었다.

절친한 친구가 거기에 제동을 걸었다.

"아이찌…… 가자? 아마 가만히 있는 게 더 마음이 답답할 거야."

"케이……."

"확실히 아시다의 말대로이긴 해……."

우리가 할 수 있는 일은 없으니 적어도 뭔가를 계속해서 마음의 부담을 조금이라도 줄이자는 것이 친한 친구의 주장이었다. 사사키도 그 생각에 동의했다. 자기보다 냉정한 두 사람의 설득을 듣고 아이카는 지금은 자신의 판단을 믿어서는 안 된다고 판단했다.

"그렇겠지…… 알았어. 나도 갈게."

"응, 다행이다!"

걱정하는 마음도, 그 다정함도, 항상 상대에게 전해지는
건 아니다. 마음을 전하기 위해서는 일방통행으로는 의미
가 없다. 지금 아이카에게 필요한 것은 와타루와 연락을
할 수 있게 된 타이밍에 최적의 말을 해주기 위한 냉정함
을 되찾는 것.

아이카는 심호흡해서 호흡을 가다듬었다.

(……아, 그렇지.)

약간의 활력을 되찾은 아이카는 똑같이 와타루와 깊은
관계를 가진 존재인 이치노세 미나에게 시선을 돌렸다. 아
이카의 자리의 반대편, 복도 측 창가 자리에 앉은 그녀는
홈룸이 끝났는데도 아직 계속 앉아있었다.

(어라……?)

분명 와타루가 다친 걸 알고 멍한 상태일 것이다. 그건
이해할 수 있다. 하지만 혼자인 채로 있는 모습을 본 아이
카는 고개를 갸웃했다. 평소 그녀는 과묵하지만 2학기에
들어서는 항상 누군가가 관심을 줄 정도로 인기가 있었을
것이다.

아이카는 그런 미나 곁으로 갔다.

"이치노세…… 괜찮아?"

"어?!…… 아…….”

어깨에 손을 올린 순간, 몸을 움찔 떠는 미나. 바로 아이카라는 것을 깨닫자 정신을 차린 듯이 주위를 둘러봤다.

"흠흠, 끝났어.”

"아…….”

아이카의 예상대로 미나는 자유로워졌다는 사실을 깨닫지 못했던 것 같았다. 그걸 자각했는지 어깨를 으쓱이고는 부끄러운 듯이 시선을 떨궜다. 왠지 모르게 그런 상태에 이르기까지의 경위와 마음을 헤아리고 있는 아이카는 방금 자기가 받은 것과 똑같은 질문을 미나에게 던졌다.

"이치노세. 뒤풀이, 어떡할래?”

"…….”

이 소녀의 심정이 만약 자신과 똑같다면. 마음의 부담을 줄이기 위해서라도 케이에게 권유받은 것처럼 미나도 뒤풀이에 와야 할 것이다. 그렇게 생각한 아이카는 다소 억지로라도 미나를 데려갈 생각을 했다. 문화제가 시작되기 전, 반 친구가 미나에게 뒤풀이에 참가해달라고 떼를 쓴 걸 알고 있었다.

소녀는 흔들리는 눈동자로 아이카를 올려다봤고——.

"저, 전…… 아르바이트가 있어서!”

"앗…….”

생각보다 날렵한 움직임으로 일어선 미나는 아이카가

예상하지 못한 말로 거절하더니 가방을 들고 파닥파닥 달려서 교실에서 나갔다. 뭐라 대답해야 할지 망설인 것도 있어서 붙잡기 위해 손을 뻗는 게 너무 늦었다.

"괜찮을까……."

"다정하네, 아이찌는."

걱정하는 아이카를 사랑스러워하는 눈으로 바라보며 미소 지으면서 다가오는 케이. 미나에게 단호하게 거절당한 것도 있어서 얼굴을 빨갛게 물들일 수밖에 없었다.

◇

반장인 이이호시의 주도로 예약되어 있던 노래방의 큰 방. 참가하는 반 친구 전원이 들어가기에는 조금 좁지만, 애초부터 문화제 후인 것도 있어서 코에츠 고등학교의 학생이 몰려와 있었다. 익숙한 교복을 입은 학생이 노래방 안의 여러 방을 왕래하고 있었다. 사사키는 축구부 선배에게 헤드락 당하며 끌려갔다.

노래하고 분위기를 타 소란스러운 실내. 아이카의 입꼬리도 그 분위기에 이끌려서 올라갔다. 아이카는 기분이 고조돼도 떠드는 타입이 아니다. 그래서 가만히 소파에 앉아 양손으로 음료수가 든 잔을 쥐고 있기만 했지만, 밝지 않은 기분을 조금이라도 회복시키기에는 충분하고도 남을 정도였다.

그런 와중에 약간 차분한 전주가 흐르기 시작했다. 누구나 알고 있는 여자 보컬의 노래. 대망의 여자 차례가 와서 실내에 있는 남자가 폭발적으로 들썩였다.

"아이찌! 노래하자!"

"어?! 잠깐……?!"

케이에 의해 잔을 테이블 위에 올려놓게 되고 팔을 잡아 끌려 나가는 아이카. 갑작스러운 권유에 당황하면서 모두의 앞에 끌려 나왔고, 어디선가 새 마이크가 돌아왔다.

케이부터 부르기 시작한 노래. 1절을 끝내고, 아이카는 쭈뼛거리면서 늦지 않도록 하이라이트를 부르기 시작했다. 동생에게 거듭 불러준 자장가로 연마한 속삭이는 듯한 목소리에 남자들은 잠시 휴식이라도 하는 듯이 차분하게 귀를 기울였다. 노래방에 오면 예사로 볼 수 있는 광경이다.

가사를 의식하지 않아서, 그러고 보니 러브송이구나, 라며 깨닫고 얼굴을 빨갛게 물들인 건 노래가 끝난 뒤의 이야기다.

"후우……."

여자의 차례가 이어져 소란스러움이 다소 잦아들었고, 몸을 움직인 것도 아닌데 아이카는 소파에 앉아 한숨 돌렸다. 케이는 다른 곳에서 누군가가 분 파티용품인 풍선을 스파이크해서 남자의 얼굴에 때려 박고 있었다.

그런 때에 책상 위에 놓여 있던 몇 개의 스마트폰의 화면이 팟 하고 밝아졌다. 아이카의 것도 예외가 아니었다. 들어서 확인해보니 반의 메시지 그룹에 새 메시지가 왔다는 알림이 있었다.

[못 가서 미안. 실수했어.]

알림 화면에 쏙 들어가는 짧은 메시지를 보고 아이카는 눈빛을 바꾸고 스마트폰의 잠금을 해제했다. 바로 연락하려고 했지만, 그룹 메시지는 와타루의 한마디를 시작으로 차례차례 갱신되었다. 할 일이 없어서 손가락으로 스마트폰을 놀리는 반 친구는 적지 않았다.

[오오츠키한테 들었어. 괜찮아?]

[고생했어. 어디 다친 거야?]

[왜 없나 싶었어.]

"으······."

하루 중에 아이카가 스마트폰을 쓰는 시간은 그렇게 많지 않다. 스마트폰에 중독된 동급생의 재빠른 플릭과 대화를 따라가지 못하는 건 당연한 귀결이었다. 말을 고르는 사이에 그룹 채팅의 갱신은 가속해 나갔다. 게다가 물어보고 싶은 걸 대신 물어봐 줘서 발언 타이밍을 더더욱 놓쳐버렸다.

[손바닥. 정리하는데 공구가 박혀서.]

"······."

어디선가 '히익' 하는 작은 비명이 들렸다. 와타루의 말을 영상으로 상상해버린 듯했다. 그건 아이카도 예외가 아니었다. 다친 곳을 누르지 못하고 다른 한쪽 손으로 손목을 쥐고 괴로워하는 표정을 띤 한 남자아이. 무릎을 꿇고 주저앉아 다시 일어서지도 못하고 바닥에 볼을 비비며 신음하는 한 남자아이. 누군가에게 실려 가는 모습까지 아이카의 머릿속에서 싫을 정도로 선명하게 영상이 만들어져 갔다. 견디지 못하고 자신의 가슴에 스마트폰을 꼭 댔다.

[진짜냐.]

[아프겠다~.]

[괜찮다니깐. 입원할 정도도 아니고.]

그런 말은 믿을 수 없다.

앱의 메시지에서 목소리는 들리지 않는다. 표정을 읽을 수 없다. 그저 손끝을 움직이기만 해서 나오는 말에 어느 정도의 신빙성이 있다는 걸까.

벌떡 일어난 아이카에게 시선이 집중됐다. 문까지의 동선, 뭔가를 알아차린 반 친구 몇 명이 소파 깊숙이 앉았다. 아이카는 그 앞을 빠른 걸음으로 빠져나갔다.

8장 ♥ ⟨⋯⋯⋯⋯⋯⟩ ♥ 가을 하늘

[볼래? 보낼까? 보낼까?]

[하지 마.]

[절대 하지 마.]

[징그러.]

걱정하는 목소리는 곧 비방과 중상으로 바뀌었고, 난 개시 청구도 불사하는 마음으로 무사하다는 걸 전했다. 애초에 신원이 드러나 있지만. 여전히 여자의 매도는 공격력이 높다. 진통제의 효과가 한 번에 약해진 느낌이 들었다. 아야야야…….

그런 나에게 재차 타격을 가하듯이 문화제 뒤풀이를 즐기는 모습이 찍힌 사진이 스마트폰의 토크 화면에 올라왔다. 재밌게 놀고 있는 것 같아 다행이다. 나 때문에 모두의 기운이 빠지는 일이 없어서 다행이다. 그보다 좀 섭섭하다. 사진뿐만 아니라 누가 동영상을 보내주지 않으려나…….적어도 분위기만이라도.

"………하아…….."

침대 위, 소리 없는 내 방은 사진에서 전해져 오는 떠들썩함과는 전혀 다르게 조용했다. 천장을 보고 누운 채로 귀를 기울이니 어딘가 멀리서 차가 지나가는 소리가 들렸다.

실수로 왼손을 내팽개치지 않도록 스마트폰을 쥔 오른손도 침대 위에 살짝 놓았다. 왜 이렇게 됐을까…….

"……음."

토크 화면을 열어둔 그대로인데도 불구하고 진동하기 시작하는 스마트폰. 누군가가 나에게 전화를 걸고 있는 것 같았다.

무겁게 느껴지는 팔을 다시 들어 화면을 보니, 거기에는 예상치 못한 인물의 이름이 표시되어 있었다.

"나츠카, 푸흡——?!"

스마트폰 화면에서는 낯선 이름에 깜짝 놀라 스마트폰을 손에서 떨어뜨렸다. 멋들어지게 내 코끝에 떨어져 시야에 무수한 별을 흩뿌렸다. 그런가…… 이게 운수 사나운 날이라는 건가. 이제야 이해했다고. 네가 모든 원흉이었구나…….

"나, 나흐하와……."

왜, 라고 생각할 필요도 없었다. 생각해보면 끈질기게 따라다니던 그때도 날 걱정해서 일부러 야마자키한테서 내 집의 주소를 알아내 찾아왔을 정도다. 내가 아는 나츠카와의 당연한 상냥함이었다.

코를 누르면서 복근만으로 어떻게든 상체를 일으켜서 스마트폰을 주워 손가락으로 화면을 쓸었다.

"여, 여보세— 어?!"

통화를 시작하고 귓가에 가져가려고 한 순간에 화면에 비치는 나츠카와의 존안. 예상치 못한 영상통화에 큰 소리가 나와 버렸다. 황급히 스마트폰을 정면에 두었고, 내 오른팔은 피가 통하는 셀카봉으로 변했다. 화면에는 어딘지 불안해 보이는 표정을 지은 나츠카와가 비치고 있었다.

"――건강해?"

『내가 할 말이야!』

【비보】나츠카와, 화내다.

어떻게 생각해도 말을 잘못했네요……. 다만 정답도 떠오르지 않았다. 다음으로 '볼일 있어?'가 떠올랐지만, 이것도 나츠카와가 화내는 광경밖에 떠오르지 않았다. 아마 난 지금 여유가 없는 거구나…….

얼버무리기 위한 말을 찾는 자신의 입이 헤실헤실 웃고 있다는 걸 알 수 있었다.

"미, 미안, 걱정 끼쳤어?"

『그…… 그래! 교실에 돌아갔더니 없고, 모르는 선배가 네 짐을 가지고 가고…… 병원에 간다고 하고…….』

"……."

자신의 눈썹 끝이 내려가는 걸 알 수 있었다. 역시 나츠카와는 나츠카와였다. 상냥하고, 남을 잘 돌보고, 귀여운 여자아이. 너무나도 완벽해서 현실을 의심할 것만 같다. 내가 못 알아차리고 있을 뿐이지, 사실은 VRMMO에 로그

인한 지 3년째라는 결말이 기다리고 있을지도 모른다. 그런 이상적인 존재가 슬픈 표정을 짓게 하고 말았다. 대답을 망설였고, 더더욱 사건의 경위를 그대로 이야기할 수는 없다고 생각했다.

『……괜찮아?』

화면에 비친 날 보고 있는지, 나츠카와는 카메라의 위치보다 약간 아래를 보고 있었다. 나츠카와가 응시하고 있다고 생각하니 낯간지럽네. 직접 눈을 맞추고 있는 것도 아닌데 나도 모르게 얼굴을 돌리고 만다.

『잠깐, 자세히 좀 보여줘.』

"아, 응……."

조금 혼나고 당황해서 스마트폰을 정면으로 바라봤다. 그렇게 자세히 볼만한 건가? 좀 부끄러운데……. 내 얼굴의 어디쯤을 자세히 보고 있는 걸까…… 확인하는 관점을 가르쳐줬으면 한다. 다음부터는 그곳을 중점적으로 다듬을 테니까. 이 타이밍에 갑자기 멋있는 표정을 지으면 나츠카와가 또 화내려나…….

『꺄……?!』

"!"

위험한 생각에 가슴을 졸이고 있으니 화면 너머에서 누군가가 뒤에서 나츠카와에게 덥썩 안겼다. 저쪽에서 스마트폰이 흔들려 화면의 영상이 흐트러졌다. 얼굴은 보이지

않았지만 아시다다. 아시다 맞지? 아시다여야 해……! 적
어도 여자가 아니면 실신할 자신이 있다고. 부탁한다……!

『사죠찌를 독점하는 범인을 잡았다~!』

『케, 케이……! 도, 독점이라니, 그렇지는…….』

『야호~, 샤죠찌. 무사해……? 왜 가슴을 쓸어내리고 있
는 거야?』

『아, 그 손…….』

올바른 백합 커플의 완성에 안도했다. 딱히 다른 여자라
도 그건 그거대로 진척되는 게 있지만, 적어도 사내놈의
강제적인 성희롱이 아니라 안심했다. 안심한 것도 잠시,
붕대에 칭칭 감긴 왼손을 보이고 말았다. 손등 쪽이라 다
행이다.

"아니 그러니까, 그룹 쪽에 보낸 그대로야. 문화제 뒷정
리를 하던 중에 실수해서 말이야."

『손, 찔렸다면서.』

"맞아 맞아, 공구가 이렇게, 푸욱 하고."

『윽…….』

둘은 다치는 순간을 상상했는지, 중얼거린 직후에 눈을
꼭 감고 괴로움을 참는 듯한 표정을 지었다. 걱정해주는데
미안해, 그 표정 귀여워. 지금이라면 몰래 화면에 키스할
수 있겠지……. 그만하자, 새로운 흑역사를 만들고 싶진
않다.

『……저기, 정말 괜찮은 거야? 후유증 같은 건……?』

"그건…… 아직 확실하지는."

『그래…….』

『잘 나았으면 좋겠다~.』

"뭐, 그렇지."

진지하게 걱정해줘서 역시 멋쩍어졌다. 일단 괜찮다는 건 전했으니, 이 이상 둘의 뒤풀이를 방해할 수는 없다. 지금은 내 몫까지 재밌게 놀아줬으면 하는 마음이 강했다.

"고마워. 지금 노래방이지? 재밌게 노는 데 방해해서 미안해."

『어? 잠깐만.』

"나랑 계속 얘기해도 별수 없잖아. 아시다, 나츠카와가 노래하는 동영상 보내줘."

『뭐~? 아까 누가 찍었던가?』

『어? 자, 잠깐만! 찍혔어?! 잠깐만!』

"큭큭큭."

나츠카와에게서 떨어진 아시다가 화면 속에서 없어졌다. 나츠카와의 모습을 보니 아시다는 한발 먼저 노래방으로 돌아간 듯했다. 쫓아갈 수 없는 나츠카와는 붙잡으려다가 포기하고 한숨을 쉬고 싸늘한 눈으로 나를 봤다.

『꽤나 여유가 있는 것 같네.』

"미안하다니깐."

『정말…….』

노래하는 모습을 찍었다는 사실을 다시 떠올렸는지, 나츠카와는 얼굴을 빨갛게 물들이고 시선을 돌렸다. 그런가, 노래한 건가…… 라이브로 듣고 싶었는데…… 이렇게 다친 게 절실하게 후회된다.

『……학교는 올 수 있어?』

"여유 여유. 갈 수 있고말고. 아마도."

『정말 천하태평이네…….』

이 기막혀하는 얼굴을 보는 것도 몇 번째인가. 분명 아이리에 필적하거나 그 이상일 것이다. 통화 시작 직후보다 표정이 매우 부드러워진 것 같다. 이렇게 영상통화로 겨우 안심시킨 것 같다. 다행이다 다행이야.

"모두에게도 괜찮은 것 같다고 전해줘. 나츠카와나 아시다가 말하는 게 설득력 있을 거야."

『응— 자, 잠깐만……. 그, 와타루랑 통화했다고…… 모두한테?』

"부탁할게. 다른 애들이 심각하게 생각하는 것도 싫으니까."

『으, 응…… 그렇네. 심각하게—— 아, 이치노세…….』

"응? 이치노세?"

갑자기 나츠카와의 입에서 흔하게 들을 수 없는 이름이 나와 나도 모르게 되물었다. 전 아르바이트 선배로서, 정신적 아빠로서, 친오빠를 대신하는 수호령으로서 신경 쓰지 않을 수 없었다. 이치노세도 노래방에서 노래하고 있으려나…… 우와, 듣고 싶다.

『이치노세…… 뒤풀이 안 와서.』

"어, 그래?"

『아르바이트 있대…….』

이치노세를 너무 좋아하는 광팬인 시라이와 오카못쨩이 전력으로 같이 가자고 불렀는데……. 하지만 노래방 같은 시끄러운 곳은 애초부터 안 좋아할 테고. 내키지 않을 것이라는 건 상상하기 어렵지 않았다. 이런 놀자판은 이치노세에겐 아직 이른가…… 응? 이치노세? 뭔가 잊은 것 같은데…….

"………아."

『?』

"내일 대체 휴일, 이치노세랑 데이트하는 날이잖아."

『뭐, 뭐어?! 데이트?!』

스마트폰에서 나츠카와의 놀란 듯한 목소리가 들려왔다. 아무래도 나츠카와는 그 이야기를 잊은 것 같다. 오해가 없도록 변명하기 위해 설명했다.

"아니 그 왜, 책장을 사러 간다고 했잖아. 아시다도 같이 가고 싶다고 한 그거."

『아…….』

책장, 사러 간다, 데이트, 음~…… 역시 왼손이 이 모양이면 어려울지도 모르겠다. 아까 학교에 갈 수 있다는 이야기도 대체 휴일인 내일 푹 쉰다는 전제를 깔고 말한 거고. 이치노세도 내 애처로운 왼손을 온종일 보면 걱정돼서 안절부절못할 것이다. 배려해주는 광경이 눈에 선하다…….

『그런가. 그래서 이치노세는 그때 와타루를 찾아서…….』

"어?"

『있잖아…… 와타루. 나중에 이치노세한테도 연락해줘. 오오츠키 선생님한테 네 상태에 대한 설명을 듣고 상태가 조금 이상했으니까…….』

"어, 어어…… 알았어."

『꼭이다?』

이치노세인가…… 확실히 인연이 있는 내가 다쳐서 병원에 갔다는 걸 알면 필요 이상으로 걱정할 것 같은 느낌이 든다. 내일 데이트 가기 어려울 것 같다는 것도 포함해서 제대로 사과해야겠다…….

『그, 그보다…….』

"응?"

『왜, 왜…… 굳이 '데이트'라고 부르는 거야. 책장을 사러 가기만 하고 아무것도 없으니까 그냥 '외출'이잖아?』

"헉."

그, 그렇게 말하면……. 아, 아니, 그럭저럭 친교가 있는 남녀가 쉬는 날에 사복 차림으로 함께 외출하는 거다. 이는 틀림없이 데이트일 것이다. 절대 '데이트'라고 말할 때마다 이치노세가 얼굴을 빨갛게 물들이고 약간 부끄러워하는 표정을 짓고 얼굴을 가리는 게 귀여워서 그렇게 부르는 게 아니다. 절대로.

『뭐, 뭔가 할 생각이었어?!』

"아, 아무 말도 안 했잖아! 남자 여자가 놀러 가는 거니까 그게 데이트지!"

『놀러 가는 게 아니잖아! 같이 쇼핑할 뿐이잖아!』

"그건 '데이트'라 불러도 충분하잖아!"

『데이트라는 건 애초에 '그런 관계'가 전제돼야 하잖아! 차, 착각하고 있는 거 아냐?』

"이, 이 무슨 난폭한 말을……."

안 되오……! 그 이상은 안 되오, 나츠카와 공! 남자의 순정에 현실이라는 이름의 날카로운 칼을 들이대는 행위! 게다가 자신이 찬 남자에게 그런 말을 내뱉다니 공격의 정도가 너무 심하오. 왜 내 고백을 거절할 때보다 이쪽이 더 감정적인 건데…….

이길 가망이 보이지 않아 마음이 꺾였다. 나츠카와가 철저 항전 자세를 취하는데 내가 할 수 있는 일은 없었다.

"돼, 됐거든, 딱히…… 어차피 다쳐서 어제고 오늘이고 외출 같은 건 못하거든. 데이트든 뭐든 못 가거든……."

『아, 자, 잠깐만. 이상하게 삐지지 마…….』

안녕하세요~. 기특하고 열심히 자립하려는 여자아이가 절하며 빌게 만든 적이 있는 데다가 그런 아이와 외출하는 걸 '데이트'라고 부르는 딱한 남자입니다~. 벌 받아서 이 모양이에요~. 왼손이 욱신욱신해요~.

"아시다한테도 못 간다고 말해줘…… 데, 외출── 짐꾼."

『그, 그렇게까지 말 안 했는데…….』

"연기할 수 있을지 모르겠지만, 다음에 가야겠지. 이치노세한테도 그 이야기 해둘게."

『어……? 그 말은 다음에 같이 외출하겠다는 거야?』

"아니, 내 사정 때문에 거절하는 거니까 대신 다른 날을 잡아야 하잖아? '이제 됐다'고 하면 그걸로 끝이지만."

『그, 그래…….』

이치노세가 날 부른 이유가 아마 '혼자면 점원과 이야기할 수 없어서'였던가……. 다시 생각해보면 정말 데이트답지 않다고 해야 할까…… 아는 사람이면 내가 아니더라도 누구든 좋을 것 같은데……. 으읏…….

『그…… 그때는, 이치노세뿐만 아니라…….』

"그럼, 그렇게 됐으니까. 나츠카와는 뒤풀이 재밌게 해. 모레 학교에서 보자."

『앗, 잠깐만. 기다──.』

쿨쩍.

날이 밝아, 다음 날.

한바탕 소동이 하나씩 있었던 연일의 이벤트를 끝낸 다음 날은 나른한 기상으로 시작되었다. 상처로 인한 발열 때문에 땀으로 범벅된 아침을 맞이했고, 안 그래도 하기 힘든 목욕을 하룻밤 만에 하게 되었다. 아침부터 체력을 썼고, 어머니가 만들어준 한 그릇 분량의 죽을 배에 집어넣고 진통제와 해열제를 먹고 그 부작용으로 졸리게 되어 한숨 더 자고 눈을 떠 지금에 이르렀다.

"뭘까……."

침대 위에서 잠에 취한 눈으로 멍하니 중얼거렸다. 고등학교에 올라간 이후로 장마철에는 학교에서 쓰러지고 가을에는 크게 다치는 등 이래저래 건강하지 못한 느낌이 든다. 이상하다……. 내 몸은 누나의 부조리한 프로레슬링 기술로부터 몇 번이나 부활하고 기술 봉인까지 체득할 정도의 튼튼함을 자랑하는 재생력 발군의 하이스펙 좀비인데…….

"응……?"

스마트폰이 진동했다. 일어난 뒤로 계속 머리맡에 두고 있었다.

시각은 이미 오후. 켜니까 메시지 알림이 20건 가까이 쌓여있었다. 어제는 반에서 뒤풀이를 했으니 나하고는 상관없는 그룹 채팅방의 갱신도 있을 것이다. 앱을 켜니 몇 사람이 나에게 보낸 메시지가 와있었다.

[듣고 싶었지? 몸조리 잘해.]

"오오⋯⋯."

반장 이이호시한테서는 노래방에서 찍은 동영상이 와있었다. 재생해보니, 거기엔 양손으로 마이크를 쥐고 열심히 노래하는 나츠카와의 모습이 있었다. 이거다, 난 이걸 원했다. 이제 난 다시 누나와 싸울 수 있어⋯⋯!

[자, 고맙게 여기라고.]

"이것도⋯⋯."

야마자키한테서도 똑같은 동영상. 이번엔 나츠카와뿐만 아니라 아시다도 찍혀있었다. 역시 좋은 친구가 있어야 해⋯⋯! 알고 지내게 된 이후로 가장 큰 일을 해줬다. 다음에 뭔가 사주자.

"⋯⋯어?"

그리고 이번엔 마츠다. 자리가 가까울 뿐이고 이야기한 적은 거의 없는 평범한 관계인데, 어째선지 나츠카와가 노래하는 동영상을 보내줬다. 앞의 두 사람과는 다른 각도에서 찍은 영상이다. 일부러 친구 등록을 하고 개인 채팅으로 보내줬는데, 배려해준 걸까⋯⋯. 좋은 녀석이구나.

그리고 야스다, 이와타, 오가미, 그 외 몇 명의 여자가 나츠카와가 노래하는 동영상을── 잠깐만, 이 자식들?

진짜 친절한 마음만으로 찍은 건가? 왠지 동영상에서 너희의 흑심이 전해져오는데? 로우 앵글은 없는가.

　어떤 놈이건 말없이 보내주는 걸 보니, 마츠다와 마찬가지로 배려해주고 있는 것이겠지만⋯⋯. 뭐지, 이 스마트폰 화면에 찐득찐득하게 지문이 묻는 듯한 느낌은.

　"⋯⋯!"

　어렴풋이 살의를 품고 다른 메시지 발신자를 보고 있으니 어떤 이름에 눈이 갔다. 그 표시명은 이치노세 유우. 곰 선배이자 이치노세의 오빠다.

　[지금은 좀 진정됐어. 언젠가 연락해주면 좋겠어.]

　"⋯⋯."

　어딘지 필사적인 느낌을 주는 말. 그 말투는 선배로서가 아니라 오빠로서 한 것처럼 느껴졌다. 동생을 소중히 대하고 있다는 게 전해져 왔다.

　어젯밤, 나츠카와와의 통화를 끝낸 나는 이치노세에게 걱정 끼쳐서 미안하다고 메시지를 보냈다. 그러자 이치노세한테 바로 전화가 걸려왔지만, 거의 대화가 되지 않았다. 전화 너머에서 들려온 것은 이치노세가 흐느끼면서 뭔가를 불안정하게 이야기하는 목소리. 솔직히 전혀 이해 못했다.

　"설마 울 줄은 몰랐는데⋯⋯."

　이치노세의 오빠인 선배에게 메시지를 보내 연락하니

도와줬다. 이야기를 들어보니, 이치노세는 내가 다쳤다는 소식에 큰 충격을 받았다고 한다. 예상치 못한 사태에 그저 죄송했다. 나츠카와에게 아르바이트가 있다고 한 건 거짓말일 것이다. 전에 이치노세에게 들은 근무 시간과 달랐다.

"……후우."

가슴을 조금 두근거리면서 이치노세에게 지금 시간은 있는지, 전화를 걸어도 되는지 물었다. 1분 정도 후에 '네'라는 답이 왔다. 그럼 바로 통화하자고 답장하고 통화 버튼을 눌렀다. 귀에 익은 멜로디가 흐르고, 뚝 하고 전환되는 소리가 나서 통화가 연결됐다는 걸 알았다.

"저기…… 하루만이네, 이치노세."

『……아, 안녕하세요.』

"어제 이후로, 진정됐어?"

『아, 네…….』

가능한 한 부드럽게 속삭였다. 함께 아르바이트를 한 지 얼마 안 됐을 때, 이치노세와 처음 커뮤니케이션을 하기 시작했을 무렵에도 똑같이 했다. 그립게 느껴진다. 돌아온 목소리는 마치 모닝콜이라도 한 것처럼 갈라져 있었다.

"그, 미안. 걱정 끼친 것 같은데."

『저, 저야말로……아무, 말도 못 해줘서…….』

"내가 멋대로 다친 거니까 걱정 안 해도 돼."

『…….』

"그렇게는, 안 되나……."

전화 너머에서 전해져 오는 어색한 분위기. 정말로 아르바이트를 하면서 겨우 커뮤니케이션이 되기 시작한 무렵으로 돌아간 것 같다. 애초에 거리낌 없다고 할 수 있을 정도의 사이도 아니었지만, 어느 정도는 조심스러워하는 태도가 없어졌을 것이다.

조심스럽게 대한다고 조심스럽게 대하면 거리는 줄어들지 않는다. 그래서 나에게 겁먹는 것을 각오하고 한 걸음 내디뎠다.

"걱정해주는 건 고맙지만…… 그, 울 정도였어?"

『……읏…….』

살짝 장난스럽게, 하지만 놀리는 뉘앙스를 풍기지 않도록 물어봤다. 그렇게 이치노세의 진의를 물었다. 여기서 틀리면 안 된다.

『……다친 곳은, 괜찮, 나요?』

"응, 괜찮아."

갑자기 화제가 바뀌어서 나도 모르게 당황했다. 약간 망설이면서도 괜찮다고만 답해 센 척을 해봤다. 실제로는 일상생활을 하면서 고생하는 부분도 있지만, 나도 남자다. 여자에게 약한 소리를 하고 싶지 않다.

『——겨우, 이 말을…… 어제는 하지 못해서.』

"어?"

『미안해요.』

머리에 물음표가 떠올랐다. 딱히 이치노세는 아무 잘못 없다. 당사자도 아닌 이치노세가 내 상처를 염려할지 안 할지는 이치노세의 자유다. 솔직히 휴일 다음 날에 별생각 없이 나에게 '안녕'이라고 인사한다고 해도 전혀 나쁘게 생각하지 않을 것이다. 난 딱히 이치노세의 상냥한 마음을 받는 것을 대가로 사이좋게 지내고 있는 게 아니다. 그런 건 우정도 인연도 아니다.

"상냥하구나, 이치노세는."

『——아, 아냐……!』

"어?"

예상치 못한 부정에 놀라서 되물어버렸다. 이치노세의 상냥함은 책을 어떻게 다루는지를 보고 알았다. 가끔은 그게 약점이 돼버릴지도 모르지만, 그게 없으면 지금의 이치노세는 되지 않았을 것이다. 이치노세를 형성해온 중요한 요소다. 이제 와서 이치노세에게 그 상냥함이 없다는 건 납득이 안 되고, 납득하기에 무리가 있다.

『사죠 군이 병원에 갔다는 말을 듣고, 무엇보다 먼저 실망했어요. '내일 외출은 어떡하지' 하고. 분명 예정이 없어지겠지, 하고.』

"……."

『그렇게, 자기밖에 생각할 줄 모르는 게 싫어서……. 사죠 군에게 연락하려 해도, 해줄 말도, 타이밍도 몰라서…….』

"저기, 이치노세——."

『병문안을 가고 싶어도 어느 병원인지도 모르고…… 집도 모르고, 사죠 군에 대해서 아무것도 몰라서……!』

"이치노세."

『미안해요……! 아무것도 못 해서 미안해요……!』

"…….."

비명처럼 전해져 온 것은 질척질척해진 이치노세의 감정이었다. 실제로 그럴 것이다. 자신의 마음을 정하지 못하고, 어떻게 하면 좋을지 알 수 없어서 자신이 너무 무력하게 느껴질 것이다. 그게 자기본위적인 감정과 다른 사람에 대한 배려 사이에 끼어 꼼짝 못 하고 있다면 더더욱 그럴 것이다. 비슷한 답답함을 나도 느껴본 적이 있다. 고개를 숙일 수밖에 없었던 것이 기억났다.

하지만 이치노세는 그 감정을 말로 나에게 전했다. 솔직히 대단하다고 생각한다. 서투르다면 자신의 감정을 말로 잘 표현할 수 없다. 한편으로 처신을 잘한다면 자기 안에서 소화하려고 해버린다. 정말 어려운 일일 텐데 이치노세는 나에게 감정을 전한 것이다.

"——기쁜데, 난."

『……네……?』

"그만큼 오늘의 데이트를 기대해준 거잖아?"

『넷……?! 앗……!』

이건 데이트가 아니라고 주장하는 논객이 있었다. 그 한 마디에 담긴 공격력은 너무나도 커서 지금까지 계속 마음에 지속 대미지를 받아 토할 것 같았다. 하지만 이치노세가 눈물을 흘리면서 '데이트 가고 싶었어! 으앙~!(※이런 말 안 함)'이라고 해서 내 마음은 따끈따끈했다. 분명 이 왼손은 내일 개그만화처럼 다 아물어 있을 것이다.

"아니야?"

『앗, 아, 아닌, 건── 그……!』

"오늘 못 갔으니까 다른 날에 꼭 가줄 테니까."

『아…….』

"그러니까 오늘은 미안. 조금만 쉬게 해줘."

『예, 예에에…….』

사실상 데이트를 갑자기 취소한 건 나인데. 이렇게 상냥한 여자애가 있어도 되는 걸까. 어라…… 어쩌면 이치노세는 업무상의 관계가 아니면 상당히 좋은 애가 아닐까…….

"내일 학교에서 보자."

『아, 네…… 또 봐요.』

"그럼 안녕."

그렇게 말하고 잠깐 시간을 두고 통화를 끊었다.

기분은 쾌청했다. 아직 진정되지 않은 것 같은 이치노세

에겐 미안하지만, 왼손의 아픔을 잊을 정도로 마음이 평온해졌다. 단순히 약의 부작용일 수도 있고. 지금이라면 좋은 꿈을 꿀 수 있을 것 같으니, 빨리 낫기 위해서라도 한숨 더?

"……."

"……안녕."

"……아, 그, 안녕."

시야 끝에 비친 있을 수 없는 형체. 내 방에 나타날 리가 없는 여자아이.

손에 들고 있던 스마트폰이 감색 운동복의 허벅지 부근에 미끄러져 떨어졌고, 그 충격으로 겨우 목이 움직였다. 하지만 다음 말을 자아낼 새도 없이 방 입구에서 안으로 발을 들인 논객── 나츠카와는 무표정인 채로 오른손에 든 에코백 같은 것을 침대 옆의 나이트테이블 위에 놓았다.

"나츠카와, 왜……."

"……이거, 병문안 선물."

"아, 땡큐…… 아니, 괜찮은데."

나츠카와가 가방 안에서 꺼낸 것들은 흔히 볼 수 있는 푸딩에 포카리, 팩에 담긴 채소 주스, 주먹밥 등── 주먹밥?! 랩에 싸여있는데?! 나츠카와 씨가 직접 만든 건가요?!

"저기, 이거……."

꿈인지 생시인지, 논객답지 않은, 여신다운 모습에 주먹밥과 나츠카와 사이에서 시선을 번갈아 가며 이리저리 돌리고 말았다. 누가 만든 건지 확인하려 하고 있으니 내 왼손에 열기가 살짝 전해졌다.

"이게……."

"아…… 나, 나츠카와."

들어 올리지 않고 그대로 내 왼손을 양손으로 감싼 나츠카와는 위를 향하고 빨간색이 번져 있는 손바닥을 딱하다는 표정으로 바라봤다. 평범하지 않은 처치를 받았으니, 그 어마어마함은 다른 사람이 볼 때 차마 못 볼 정도라는 것은 말할 필요도 없을 것이다. 나츠카와의 시선만으로 내 피부의 재생이 가속된 느낌이 들었다.

"……아파?"

"뭐…… 진통제가 있어도, 아직은 조금."

"……덜렁이라니깐."

"그치. 진짜. 바보라니깐……."

논객이라고 해서 죄송합니다. 당신은 여신입니다. 앞으로도 평생 지지하겠습니다. 그래, 방에 감실*을 두자. 이 주먹밥을 신체로 삼아 매일 기도를 올리고 내 신통력으로 나츠카와가 영원히 별자리 운세에서 1위를 차지할 수 있도록 하자. 자, 기뻐해라. 전국의 10월생이여.

"──미안해."

---

*사당 안에 신주를 모셔 두는 장.

181

"어……?"

"몸조리 잘해."

"앗, 나츠카와!"

빈 가방을 손에 들고 빠르게 방에서 나가는 나츠카와. 붙잡을 새도 없이 계단을 내려가는 발소리가 들렸다. 전개가 심하게 빨라서 쫓아갈 틈도 없었다.

"……'미안해'?"

데이트라고 부르는 걸 부정한 것에 대해 말한 걸까. 그런 것 치고는…… 너무 허무한 표정과 목소리였다. 나츠카와를 괴롭게 하기에는 충분하다는 생각은 안 들었다. 그렇다면 대체 무엇을 사과한 걸까.

'──미안. 지금…… 연애 같은 건 관심 없으니까.'

"……또냐."

그 말을 들은 건 몇 번째일까.

나츠카와가 괴로운 표정을 짓게 만든 건 몇 번째일까.

흔들리고, 변하고, 옮겨가는 마음. 한 가지를 알면, 또 한 가지 수수께끼가 깊어진다. 누군가를 위해 상처를 입는다고 해도 가을 하늘을 내다보는 데는 아무런 도움이 안 되었다.

9장 ♥ ⟨⋯⋯⋯⋯⟩ ♥ 오니츠카 타마오

　대체 휴일이 끝난 다음 날. 다시 학교에서의 평범한 일상이 시작된다. 하루나 있으니 왼손을 못 쓰는 불편함에도 익숙해져서, 의외로 마음만 먹으면 자주 쓰는 손만으로 뭐든지 할 수 있다는 사실을 깨달았다. 이제 무의식적으로 왼손을 써버리는 것을 조심하기만 하면 된다.

　어머니가 차로 데려다줘서 교문에서 좀 가까운 길에서 내렸다. 다친 덕분에 편하게 왔다고 생각하는 걸 보니, 나츠카와가 말한 대로 너무 낙관적인지도 모르겠다. 느릿느릿 경승합차에서 나오자 가까이에서 걷던 코에츠의 학생이 웅성거렸다. 그렇다, 사실 난 학교의 유명인——일 리가 없고.

　"누나…… 눈에 띄는데."

　"좋아서 이러고 있는 거 아니거든."

　제49대 코에츠 고등학교 학생회 부회장님의 등장이다.

　생각해봤으면 한다. 위험하지 않아야 하는 평범한 보도에 멍청하게 다친 소년 뒤에서 갑자기 맹수가 모습을 드러낸 것이다. 평화로운 나라에 사는 일본인 입장에서는 버틸 수가 없을 것이다. 나라면 다리에 힘이 풀렸을 것이다.

　입을 삐죽 내밀고 가려고 하는 곳을 째려보는 모습은 마치 모모타로에게 복수를 맹세하는 악귀와 같았다. 원래라면 걸어서 등교하는데 차를 태워줘서 수고를 덜었는데도 눈빛이 이렇게 탁하다. 스쳐 지나가기만 해도 생명을 빨아먹힐 것만 같다. 이젠 무엇을 위해서 그 얼굴에 메이크업을 하는지 모르겠다.

"자, 가자."

"……."

남자의 두려워하는 시선. 그리고 여자의 꺅~ 하는 새된 울음소리를 무시하고 앞서가는 누나. 찌뿌둥한 것처럼 행동하는데 길 한가운데를 가로질러 가는 건 왜일까. 가장자리에 붙으라고, 신사에 참배하러 가는 길이었다면 올바르지 못하다고. 바람을 가르며 걷지 말라고, 칼바람 같은 여파가 내 얼굴에 닿았다.

"……잘 지낼 수 있을 것 같아?"

"뭐, 괜찮겠지."

"적당히 하는 말 아닌데?"

"진짜라니깐. 괜찮아."

멈춰 서서 뒤를 돌아보며 째려보는 누나. 걱정하는 건지 화내는 건지 잘 모르겠다. 애초에 하루가 이제 막 시작돼서 잘 지낼 수 있는지 아닌지는 미지수다.

누나는 여전히 기분이 안 좋은가 싶었는데, 이번에는 답답한 표정으로 바뀌었다.

"……미안해."

"뭐가?"

"내가, 이상한 부탁을 해서."

"그 일은 이제 됐다니깐. 몇 번째야."

"……그래."

나와 누나의 관계는 지금 미묘했다.

나와 누나는 기본적으로 사고방식이 안 맞는다. 누나는 그걸 인정하지 않는데, 병원에서 돌아오는 길에 있었던 일이 그런 태도에 더욱 박차를 가했다. 그리고 자기들이 한 부탁 때문에 내가 누나 대신 다쳤다고 생각하고 있는 것 같았다.

분노와 반항과 후회와 반성. 누나는 그러한 감정 사이에서 동요하고 있는 것 같았다.

"진통제랑 여벌 붕대는?"

"제대로 들고 왔어."

앞을 보는 채로 확인하는 누나에게 순순히 대답했다. 아무래도 자신의 상처를 스스로 관리하지도 못하는 우둔한 놈이라 여기고 있는 것 같다. 무슨 아니꼬운 소리를 하냐고 생각하면서도, 냉정하게 생각해보면 재봉 가위로 자기 손을 찌른 내가 이러니저러니 할 처지가 아니었다.

"다음 체육 대회 자료랑 학생회 선거 요강은?"

"당연히 없지."

"농담이야."

이 여자는 시선도 안 맞추고 무슨 소릴 하는 거냐…….
아주 당연하다는 듯이 물어봐서 농담으로 안 들렸는데. 설
마 그 농담마저 거짓말이고 학생회에서 은퇴할 때까지 부
려 먹을 생각으로 가득한 건 아니겠지…….

"왜 이렇게 교문까지 걸어야 하는 거지."

"부지가 넓어서 그런 거 아냐? 쓸데없이."

""……하아.""

드물게 피가 이어져 있다는 게 느껴지는 한숨이 겹쳐졌
다. 나는 어찌 됐든 완전히 건강한 상태인 누나까지 한숨
을 쉬다니 이게 어찌 된 일인가. 이 여자는 항상 생리 중인
것 같은 얼굴을 하고 있네.

마음속으로 욕을 퍼붓고 있으니, 우리 옆으로 위풍당당
한 그림자가 성큼성큼 다가왔다. 팔에는 '선도'라는 두 글
자가 금자수로 새겨진 완장이 달려있었다.

"──이봐, 거기 음침 남매."

커터 칼로 공기를 뚫는 듯한 올곧고 시원시원한 목소리
가 들려왔다. 보니까 교문 근처에서 우뚝 버티고 선 시노
미야 선배가 꾸짖는 듯한 시선으로 이쪽을 보고 있었다.

"사이좋게 같이 등교하고 있나 싶었는데, 아침부터 무슨
한숨을 쉬고 있나. 보고 있는 나까지 활력을 빼앗기잖아."

"린. 교실까지 업어줘."

"선도부장답지 않은 폭언이네요, 시노미야 선배. 지금 누나를 거둬주면 못 들은 걸로 할게요."

"뭐, 뭐냐…… 이 귀찮은 상황은……."

울분이 쌓인 상황에 시노미야 선배 같은 성실하고 정직한 존재는 그 울분을 털어놓기 최고로 좋은 대상이었다. 부디 내 모든 마음을 받아줬으면 한다. 지금 나에게 필요한 것은 차분하고 의지할 수 있는 누나다. 결코 거만한 누나가 아니다.

"나 참…… 학생회 부회장이나 되는 사람이 무슨 꼴이냐. 문화제가 끝나서 긴장이 풀린 거 아니야?"

"그래 맞아, 학생회 부회장. 썩은 눈으로 주위를 위압하는 오라를 발산하지 마. 자기 일은 스스로 해."

"너……."

"이 녀석, 날 방패로 삼지 마."

"히익."

보통 사람이라면 고기의 벽이라 할 수 있겠지만, 시노미야 선배라면 말 그대로 철벽이 되어 날 지켜줄 것이다. 지금이라면 누나한테 이길 수 있다──고 생각한 것도 잠시, 시노미야 선배에게 넥타이를 잡혀 눈앞에 끌려 나왔다. 두 사람의 무투파가 째려봐서 움츠러들 수밖에 없었다.

"하아…… 그치만 문화제가 끝나고, 다음으로 하는 체육대회 담당은 그쪽이잖아. 우리는 잽싸게 훑어보고 사인하면 업무에서 해방이라고."

"그건 그렇지만…… 그런 얘기가 아니야. 학생의 모범으로서…… 응?"

방어하기 위해 양손으로 머리를 지키고 있으니, 왼쪽 손목을 잡혀 살짝 들어 올려졌다. 손등에서 안쪽으로 시선을 옮겨가더니 눈빛을 바꾸고 나를 봤다.

"크, 크게 다쳤잖아! 대체 왜 이렇게 된 거지!"

"저, 저기요……?"

당황한 모습을 보아하니 시노미야 선배는 내 상처에 대해 아무것도 모르는 듯했다. 누나에게 시선을 주니 팔짱을 끼고 말없이 고개를 저었다. 시노미야 선배에겐 아무 얘기도 하지 않은 모양이다.

"아~ 이건 말이죠. 그러니까……."

"내가 설명해둘 테니까. 넌 빨리 가."

"어, 어어……."

사정을 이야기하려고 하자 누나가 내 어깨를 잡고 뒤로 밀었다. 강한 힘은 그대로 나를 교문에서 부지 안으로 이동시켰다. 묻지도 따지지도 못하게 막겠다는 의도가 느껴졌다. 어떻게 된 일이냐고 묻는 시노미야 선배의 강렬한 시선이 똑바로 누나에게 향했다.

"……그럼, 먼저 실례하겠습니다."

개체치가 높은 편인 두 사람의 대치. 귀찮은 일에는 옆이지 않는 게 최고다. 완전 당사자이지만 꼭 관계자가 아닌 것처럼 빠르게 자리를 뜨기로 했다. 누나가 시노미야 선배에게 진실을 전할지, 아니면 얼버무릴지 예상할 수 없으니 말이다.

눈을 감고 가볍게 인사. 몸을 교사 출입구로 돌릴 때까지 시노미야 선배의 얼굴을 보지 않도록 했다.

◆

교실에 들어가 칠판 위를 보니, 시곗바늘은 평소의 등교 시간과 똑같은 위치를 가리키고 있었다. 차를 타고 등교하는 걸 구실 삼아 평소보다 늦게 집에서 나와 우연히도 시간이 딱 맞았을 것이다.

"……?"

기분 탓인지 어느 정도 학생이 모여 있는데도 교실 안의 분위기가 왠지 모르게 평소보다 약간 무거웠다. 설마…… 내가 다친 게 원인? 아니지 아니지, 아무리 그래도 너무 호들갑스럽잖아. 난 그렇게 중심적인 존재가 아니라고.

"야…… 야, 야마자키."

"오, 사죠! 다쳤다면서. 아무렇지도 않게 등교했네."

"그건 딱히 상관없잖아."

뒤쪽의 사물함에 기대고 몇 사람과 모여 있던 야마자키

에게 말을 걸었다. 이 녀석도 분위기를 파악해서 목소리를 살짝 줄여서 말하고 있었다. 역시 나처럼 고등학교에 올라오면서 변신한 녀석이다. 분위기를 파악할 줄 아는 남자다. 안색을 살피며 행동했던 그때를 잊지 않았다. 여자하고도 그런 느낌으로 지내라.

"뭐야, 왜 교실이 조용한 거야."

"아~, 그러니까…… 자리에 앉아있는 여자들을 봐."

"응……?"

어라…… 듣고 보니 얌전히 앉아있는 여자가 조금 많은 느낌이 들었다. 아니, 잘 보니 위화감이 느껴지는 여자가 몇 명인가 있네. 자리에 앉은 채로 꼼짝도 하지 않는 뒷모습이. 시라이, 오카못쨩…… 아.

"……눈치챘냐?"

"사, 사사키는……?"

"사이토랑 같이 등교하고 바로 둘이서 어딘가로 갔어."

"우, 우와……."

"반의 치유 담당이 시무룩해지는 영향력은 크구나……."

"사사키 녀석……."

시샘하듯이 내뱉는 이와타와 야마자키의 말을 듣고 나도 모르게 기겁한 목소리를 냈다. 그랬다…… 사사키를 좋아하는 여자는 동생인 유키와 사이토뿐만이 아니었다…….

그 녀석의 영향력을 잊고 있었다고 반성하면서 교실 안

을 보는데, 가까운 자리에 앉아있던 이치노세가 뒤를 돌아봐 나와 눈이 맞았다. 입의 움직임으로 '앗' 하고 말한 걸 알 수 있었다. 약간 허둥거리는 기색으로 일어나더니 쭈뼛거리면서 이쪽으로 다가왔다.

"──저, 저기……."

"이치노세. 안녕."

"아, 안녕하세요……."

"걱정 끼쳐서 미안해."

"아아……!"

붕대에 감긴 왼손을 팔랑팔랑. 이치노세는 깜짝 놀라 파랗게 질려서는 손을 파닥거리며 내 움직임을 막았다. 왼손의 자극적인 인상이 맞물려서인지, 아무래도 내가 다친 손을 함부로 다루는 것처럼 보인 모양이다.

"아, 안 돼……!"

"어이쿠, 미안."

내 소매를 꼭 잡은 이치노세. 힘의 세기로 얼마나 진심인지를 엿볼 수 있었다. 크고 둥글고 처진 눈동자가 흔들리고 있었다. 마음이 굉장히 괴롭다. 영향력…… 영향력이라…… 사사키랑 똑같은 것이겠지, 이것도.

"으히~, 이렇게 보니 아플 것 같네."

"중2병 같네."

"야, 그만해. 신경 쓰고 있으니까."

"케케케."

이 자식, 무슨 소릴 지껄이는 거냐. 사실은 아픔보다 이런 식으로 놀리는 게 더 싫다고. 너희가 다쳐서 붕대를 칭칭 감고 있으면 똑같은 말로 놀려줄 거다. 각오해두라고.

"……사죠 군이, 걱정 안 되나요?"

차라리 뻔뻔하게 아픈 녀석처럼 행동해줄까 하는 생각을 하고 있으니, 드물게도 이치노세가 둘에게 한마디 했다. 남의 일인 것처럼 취급하는 야마자키와 이와타의 태도에 화가 잔뜩 났다. 그렇지! 그렇게 말 좀 더 해줘!

"어? 아니, 뭐랄까……."

"안 죽잖아?"

"?!"

뭐, 남자는 이렇단 말이지.

◆

내 자리로 갔는데 뒷자리인 나츠카와는 아직 오지 않았다. 그 대신이라 해야 할지, 아시다가 거기에 앉아 색다른 인물과 이야기하고 있었다.

"여어, 보기 드문 조합이네."

"아, 사죠찌. 안녀—— 아니!"

"……괜찮아?"

아시다 옆에 서 있는 사람은 반장인 이이호시다. 숨겨진 인싸 같은 존재이며, 호불호가 확실하다. 반의 그룹 메시지를 만든 장본인이며 싫어하는 여자를 아무렇지 않게 따돌리기도 하니 좀 무섭다. 문화제 뒤풀이를 뒤에서 조정한 것도 이이호시다.

"뭐, 괜찮아. 이렇게 그냥 학교에 와있잖아."

"그런가…… 사죠찌가 그렇다면."

"조심해, 사죠 군."

"옙. 마음에 새기겠습니다."

"그럼 됐어."

"뭐야, 그 상하관계는."

아무래도 상하의 격은 이미 나뉘어 있었던 모양이다. 무의식중에 서구의 국가제창 포즈를 취하고 있었다. 이상하다, 이이호시에게 이기는 미래가 보이지 않는다. 만약 싸우게 되면, 그 순간에 안쪽 벽에서 '여어' 라고 말하면서 짙은 감색 옷을 입은 형님이 얼굴을 내미는 미래가 보인다고.

이이호시는 고개를 끄덕이고 자기 자리로 돌아갔다.

가는 모습을 지켜보고 내 책상 위에 짐을 놓았다. 문화제가 끝나고 하는 첫 번째 등교라서 짐을 못 두고 다녔으니 말이지…… 아~ 무거웠다.

"이이호시랑 무슨 얘기 했어?"

"음~? 뭐랄까, 원인 확인?"

"원인?"

"응."

"아하……."

아시다가 턱으로 가리킨 곳── 내 앞자리에 있는 오카 못쨩. 자기 자리에 가만히 앉아 그저 책상 위를 바라보고 있었다. 그렇군, 여자는 여자대로 신경 쓰이는 모양이네. 이이호시는 이걸 어떻게든 하려고 하고 있고.

"……뭐, 피할 수 없는 길이겠지. 시간을 들여서 변하는 수밖에 없어."

"오, 경험자는 다르네."

"못 변하고 있지만……."

"질질 끄네."

"시끄러."

너무 날 얕보지 말라고. 이미 시내 한 바퀴만큼은 마음 을 조리돌렸다.

거리를 둔 채로 있었으면 좀 더 달랐을 텐데……. 애석 하게도 나츠카와와의 거리가 너무 가까워서 잊을 여유 따 위는 없었다. 연심이 가득한 상태인데 나츠카와가 친구를 대하듯이 대하고 있으니 말이다. 몸을 터치하기라도 해봐 라, 내 마음의 꼬리는 배가 나아갈 정도로 회전하기 시작 할 것이다.

"나츠카와는 아직 안 왔구나. 희한하네."

"그렇다니깐~. 하아, 하루 못 만났으니까 빨리 아이찌를 보급해야 해."

"호오, 함께 보급을 받아볼까."

그렇게 말하자 아시다는 나에게 싸늘한 시선을 보냈다. 이 자식…… 설마 나츠카와를 독점할 속셈인가!

"어차피 사죠찌는 어제 아이찌랑 만났잖아!"

"아니, '어차피'라니 무슨 소리야? 무슨 이미지인 거야? 아직도 그렇게 나츠카와를 몰래 따라다니는 이미지인 거야?"

아직도, 라고 해야 할까, 전에도 그렇게 몰래 따라다니지는 않았는데. 어디까지나 정정당당하게, 말 그대로 당당하게 따라다녔는데. 진짜 폐를 끼치는 녀석이었다. 누나의 얼굴을 보고 싶다. 분명 굉장하겠지.

"아, 호랑이도 제 말을 하면 온다더니……!"

아시다가 희희낙락한 눈빛을 하고 일어섰다. 덩달아 시선을 돌리니 나츠카와가 교실에 들어온 참이었다. 도망쳐 나츠카와. 빨아 먹힐 거야.

"아이찌, 안녕! 평소랑 다른 시간에 왔네!"

"꺄?! 잠깐만……!"

샥 일어선 아시다는 나츠카와에게 육박. 나와 필적하는 수준의 환술로 골든레트리버 같은 꼬리를 기르고 나츠카와의 팔에 달라붙어 맹렬하게 흔들었다. 치마에 대한 간섭이 없어서 부자연스럽다. 팬티가 안 보이니까 불합격.

"안녕, 나츠카와."

"아…… 그, 안녕."

말을 거니, 나를 본 나츠카와한테서 왠지 어색한 대답이 돌아왔다. 이 분위기는…… 시라이랑 오카못쨩이랑 똑같나? 설마……! 나츠카와도 사사키 때문에 낙담한 건가?! 그, 그럴…… 그럴 리가 없지. 나츠카와는 사사키를 앞에 둔 사이토처럼 넋을 잃은 얼굴은 안 하니까. 나한테도 안 하고. 본 적도 없고.

한순간 최악의 결말을 상상하고 가슴을 두근대고 있으니 나츠카와는 쭈뼛거리며 나에게 말을 걸어왔다.

"그…… 평소보다 집에서 일찍 나왔어……?"

"응? 아니, 오늘은 차 타고 왔어. 그래서 평소보다 늦었으려나."

"아…… 그, 그렇지. 그렇게 다쳤으니까, 그렇지……."

"……?"

뭔가 상태가 시원찮은 나츠카와. 작게 한숨을 쉰 것 같은데. 나랑 이야기해서 어깨가 더 축 늘어진 것 같아서 왠지 쇼크였다. 어, 내 탓 아니지……? 뭔가 안 좋은 일이라도 있었던 걸까.

"……손은 괜찮아?"

"괜찮아. 무리하게 안 움직이도록 하고 있으니까."

"응…… 그러는 편이 좋아."

"아이찌는~? 왠지 기운이 좀 없는 것처럼 보이는데."

"어? 그, 그렇지 않아."

"흠~?"

"뭐, 뭐야……?"

아시다는 나츠카와에게 달라붙은 채로 수상쩍다는 듯이 나츠카와의 옆얼굴을 바라봤다. 가깝다 가까워, 그 거리에서 나츠카와가 옆을 보기라도 해봐라, 닿을 거야, 닿고 말 거라고. 눈앞에서 그런 짓을 하면 내 뇌가 까맣게 타버리──지 않나? 오히려 불꽃처럼 빛나지 않을까? 가라……! 가는 거다~!

"뭐, 이번엔 어쩔 수 없는 거 아냐?"

"뭐, 뭐가……?"

"뭐든~?"

"케이……!"

"?"

음? 뭐지, 이 아시다만 나츠카와랑 통하는 느낌은……? 전혀 모르겠는데. 내가 이해 못 하고, 아시다만 알아차릴 수 있는 내용……? 대체 나와 아시다 사이에 어떤 차이가 있다는── 헉……?!

이, 이 일은 아시다에게 맡기자! 마음에 두고 있는 사람이 고민하고 있다고 해서 무슨 일이든지 파고드는 짓은 안 하는 편이 좋겠지. 남자가 함부로 들어가면 안 되는 영역이 있을 테니까, 응. 나츠카와의 기분이 나아질 때까지 가만히 두자.

"잘 부탁할게, 아시다. 난 섬세한 면만큼은 있다고."

"아니, 분명 뭔가 착각하고 있는데. 게다가 기분 나쁜 생각일 것 같아."

"말조심하자. 난 부상자라고? 다정하게 대해줘."

부상으로 인한 핸디캡을 무기로…… 흠, 이거 써먹을 수 있겠군. 아시다처럼 말싸움으로 커뮤니케이션을 하는 녀석은 이렇게 입 다물게 만들자. 실제로 정신 상태가 좋지 않으면 아픔이 커지는 느낌이 드니까. 그래, 이건 우연히 입은 상처를 더 잘 활용하기 위한 단 하나의 훌륭한 방법이다.

"그래~, 다친 사람한테는 다정하게 해줘야지, 그치?"

"?!"

"?!"

의자에 옆으로 앉아있는 내 머리를 갑자기 감싸는 부드러운 감촉. 향수 냄새인지, 감귤류의 톡 쏘는 새콤달콤한 향기가 내 후각을 채웠다. 어릴 적, 친척 모임에서 술 냄새로 채워진 방 안에서 어질어질했던 때의 느낌을 떠올렸다. 이, 이 향기는…….

"다, 당신은……!"

"사죠찌가 병원에 실려 갔을 때 본……!"

두 사람의 시선의 방향과 반응을 보고, 지금 누군가가 나를 옆에서 꽉 껴안고 있다는 것을 자각했다. 살짝 왼쪽 아래를 보니 여학생의 것으로 보이는 짧은 치마와 거기서 뻗어 나온 홀딱 반할 것 같은 다리가 있었다. 뭐지, 여긴 천국인가?

"——오, 오니츠카 선배, 인가요?"

"딩동~! 정답~! 어떻게 알았어~?"

"목소리랑, 이…… 향수의 향기로."

예상대로 나를 안은 사람은 보건실에서 처음 만난 갸루 출신 선배인 오니츠카 선배였다. 분명 병원에서 집에 갈 때 누나가 '타마오'라고 불렀었지…… 전에도 들은 적이 있는 것 같은데…….

"이거, 냄새 좋지~."

"잠깐…… 저기요?"

부드럽게 껴안는 힘이 더 강해져 내 머리는 선배의 배에 더더욱 밀착됐다. 아무래도 이 선배는 두 살 어린 남자를 이성으로 안 보고 있는 것 같다. 아니면 여자를 접하고 부끄러워하는 내 반응이라도 보려는 건가. 그건 그렇고 거리감이 이상하다…… 역시 전 갸루라서 그런 건가?

"응, 응—— 역시."

"자, 잠깐만요……! 뭐 하는 거예요!"

"다정하게 대해주고 있는데~? 카에데의 귀~여운 동생

군한테.”

“누, 누나랑……?”

“카에데랑 난 아주 친한 친구야~.”

오니츠카 선배는 안으면서 양손으로 교복 너머로 나를 만졌다. 아시다가 자주 나츠카와에게 달라붙어서 하는 것과 똑같다. 흔히들 말하는 '습하습하'라는 것이다. 그, 그렇군…… 당하는 쪽은 이런 기분이었나……. 나츠카와가 싫어하는 내색을 하면서도 얼굴을 빨갛게 물들이고 떨쳐내려고 하지 않는 이유를 잘 알았다.

정말…… 그만해!(※더 해줘)

“너……! 언제까지 그러고 있을 거야……!”

“헉…… 저저저저기, 이제, 괜찮아요.”

“사죠찌 변태, 색골.”

“윽……!”

이런……! 너무 욕망에 충실했다……!

내가 안긴 게 아니라고는 해도 눈앞에 나츠카와와 아시다가 있는 상황, 덧붙여 말하자면 바로 앞자리에는 아마 실연해서 침울해하고 있는 오카못쨩, 더욱 덧붙여서 말하자면 모두가 있는 교실 안에서 공공연하게 이성과 진심으로 사랑하는 사이인 것처럼 접하고 있으니 너무 위험하다……! 지금은 한시라도 빨리 거리를 둬야 한다!

“엥~, 싫어.”

어쩔 수 없지…… 그렇게까지 말한다면 하는 수—— 어, 왜죠?

볼에 선배의 체온이 더 강하게 전해졌다.

'동급생의 동생'이라는 신분이 성별의 벽을 넘어 어느 정도 경계심을 없애준다는 건 시노미야 선배를 통해 배웠다. 그래서 별다른 친분이 없어도 만나자마자 장난을 칠 정도로는 편하게 말을 걸 것을 예상했는데……. 이성으로 안 본다고 해도 이건 좀 너무하지 않나?

정말 날 좋아한다면 납득이 된다. 하지만 공교롭게도 난 선배와 만나서 보낸 시간 대부분에서 쇳내가 난다. 고통으로 일그러진 표정밖에 안 보여줬는데 선배가 반할 타이밍이 있을 것 같진 않았다. 그보다 그런 모습만 보여줬는데 좋아하는 것이라면 취향이 위험할 것 같다. 사실은 누나를 원망하고 있어서 미인계를 거는 건 아니겠지…….

"어, 어째서……!"

"응~? 그냥!"

"무슨……?! ……으으……!"

부드러운 감촉, 따뜻한 체온. 경멸하는 듯한 차가운 눈초리와 나를 쏘아보는 미소녀의 날카로운 시선. 무슨 일이냐며 모이는 수많은 시선과 멀리서 느껴지는 남자들의 적의. 오, 뭐야, 지옥인가?

"저기…… 선배, 진짜로 슬슬……."

"아! 좀 억지스러웠나? 미안해~!"

"아니, 뭐…… 괜찮은데요."

아무래도 위험한 상황인 것 같은 느낌이 들어서 진심으로 떨어졌으면 좋겠다고 호소했다. 본인이 하는 부탁은 역시 순순히 들어주는지, 얌전히 물러났다.

오니츠카 선배는 한 걸음 물러났지만 날 감싸고 있던 감귤류의 향기는 아직 주위에 계속 감돌았다. 손으로 부채질해서 떨쳐내고 싶었지만, 아무리 그래도 본인 바로 앞에서할 용기는 없었다.

"그…… 오니츠카 선배?"

"타마오라 불러도 돼~. 리피트 애프터 미, '타·마·오' 선배."

"아니, 그건 좀…… 너무 갑작스럽다고 해야 할까. 그, 괜찮나요?"

"응, 왜애?"

"아니, 진정 좀 해줄래요?"

눈앞에 선 오니츠카 선배. 방금 막 떨어졌는데 당장이라도 나에게 안길 것처럼 몸을 앞으로 숙이고 되물었다. 그야말로 아까 아시다가 나츠카와를 발견했을 때처럼 격렬하게 붕붕 휘두르는 꼬리를 환각으로 볼 수 있었다. 뛰어들 것만 같은 양손이 무섭다. 대체 나의 무엇이 선배를 흥분시키고 있는 것인가…….

"그, 거리감이 말이죠…… 보통이 아니라고 해야 할까."

"마, 맞아요!"

"대담한 정도가 아니에요……."

"응? 그치만 카에데의 동생이잖아?"

바디 터치가 많은 편인 아시다조차 기겁하는 수준. 그런데도 오니츠카 선배는 자신이 어느 정도의 행동을 한 건지 아직 모르는 것 같았다. 친한 친구의 동생이라고 해서 '안고 싶어! 만지고 싶어!'라는 생각은 안 들 텐데. 애완동물이라면 몰라도……. 아니, 확실히 문화제 때는 한때 셰퍼드였지만.

"확실히 그렇긴 하지만…… 저도 남자인데요?"

"알고 있는데?"

정말로 이해하고 있는 건지 판단을 내리는 게 망설여진다. 갸루는 무한한 가능성을 품고 있으니 말이다. 어떤 사고 프로세스로 답을 도출해내는 건지 전혀 알 수 없다. 그냥 그러는 것이라고 말했지만 단순히 귀여워해 준 것 같지도 않았다. 뭔가 목적이 있는 것 같은 느낌이 들었다.

"──그래서 반하게 하려고 왔잖아."

"무슨 논리야!"

나도 모르게 반말이 나와버렸다.

이야 무서워라. 완전히 꼬시러 왔는데요. 엄청 타산적인 포옹이었잖아. 자기 몸을 엄청 썼잖아. 여자의 무기를

100% 발휘했잖아. 미인계잖아.

　일부러 그러는 건지 무의식적인 건지, 답을 내기까지의 중간 과정이 전부 빠져있다는 느낌이 들었다. 내가 누나의 동생이고 우연히도 이성이니까 반하게 만든다니 무슨 소리야. 삼단논법의 가운데는 어디 갔어? 홉스텝의 '스텝'은? 오히려 스킵하고 있잖아. 스킵 논법이잖아.

　"그래서, 반했어? 반했어?"

　"반(할 뻔했지만)하지 않았어요."

　"음~ 아깝다! 거의 다 온 것 같은데!"

　"위험——그렇지 않아요. 전혀."

　"야, 사죠찌."

　"단순해……."

　그 고혹적인 포옹에 타산이 있다는 건 알았다. 목적은 날 반하게 만드는 것인 것 같다.

　흥, 이 사람은 날 얕보고 있다. 조금만 더 갔으면 무당거미의 거미줄에 걸릴 뻔했군. 아니 뭐, 그 전에 무당거미 본체에 잡혀 있었다는 느낌이 들지만. 온몸에 감귤류의 냄새가 밴 것 같은 느낌이 드는 건 명예로운 상처 같은 것이겠지……. 이거, 마킹은 아니겠지?

　"저를 반하게 해서 어떻게 할 건가요?"

　"어? 일단 사귀겠지~?"

　"네?!"

"응?"

실컷 이용해먹고 돈을 우려내고 지독하게 버리는 게 아니라? 한 번 제대로 사귀는 거야? 그보다 선배는 그래도 좋은 건가? 누나처럼 건들면 화상을 입을 것 같은 위험성도 없고, 사사키 같은 성격도 적당한 미남도 아니라고.

"그, 그래서요?"

"꽁냥꽁냥거리겠지~? 네, 행복해졌습니다!"

"……."

"와 타 루."

"헉……?!"

위험해라……! 날 반하게 만드는 이유가 너무 심플하고 이상적이라서 좋아하게 될 뻔했다……! 속으면 안 된다! 선배는 분명 진짜 이유를 숨기고 있을 거다. 이렇게 되면 금단의 그걸 물어볼까…… 물어볼까? 그야 이건 이미 착각이라던가 그런 차원의 이야기가 아니니까.

"선배는—— 저, 저를 좋아하나요?"

"? 아니."

"뭐야……! 대체 뭐냐고…… 진짜……!"

"사, 사죠찌……."

오른 주먹이 내 무릎을 아프게 했다. 하마터면 왼손도 쓸 뻔했다. 아프기만 하고 끝나진 않겠지. 어머, 나 얼굴이 뜨거워. 이로써 확정됐다. 이 누나의 친한 친구라는 사람은 연하의 남자를 놀려서 유열에 빠지는 나쁜 가루다. 남자를 유혹하기 위해서라면 수단을 가리지 않고 잽싸게 여자의 무기를 쓰고, 오타쿠는 분명 추레한 바퀴벌레 같은 것이라 생각하고 있을 것이다. 네, 해산.

"……그래서? 그럼 절 반하게 하려는 이유는?"

"음~, 그 대답을 듣기에는 아직 친밀도가 부족하려나."

"……―."

"와타루가, 새하얗게……."

……그런가. 이게 '여자에게 휘둘린다'는 건가. 한 단계 더 어른이 된 것 같다. 사람은 이렇게 성장해 나가는구나. 아아…… 지금만큼은 이성으로부터 떨어져 남자만 모여서 스매시브라더스를 하고 싶어졌다.

"아하하~, 역시 이렇게 짧은 시간으로는 어렵겠지. 취업 활동 힘드니까, 남자친구로 만들어서 치유 받으려고 했는데."

오니츠카 선배의 말에 놀란 것도 잠시, 나츠카와가 벌떡 일어섰다.

"그, 그런 이유로……?! 좋아, 하지도 않는데……."

"좋아하는지 어떤지는 상관없어. 딱히 결혼하는 것도 아니고~. 서로가 납득하고 즐겁다면 그걸로 좋다고 생각하거든~."

"그, 그건……."

이 연애에 대한 문턱이 낮은 느낌은…… 틀림없이 '인싸'라는 거겠지. 게다가 '갸루×인싸' 궁극완전체. 설마 누나의 친한 친구 중에 이런 인싸가 있을 줄은 몰랐다. 시노미야 선배 외에는 친구가 없는 줄 알았다고.

물고 늘어진 나츠카와는 오니츠카 선배의 말에 아무런 대꾸도 할 수 없는 듯했다. 나츠카와는 청렴결백하니, 남녀는 서로 천천히 친교를 다지고 오랜 시간을 들여 서로를 좋아하게 된 다음 어느 한쪽이 고백하고 사귀는 그런 연애 형태를 상상하고 있을 것이다. 그건 딱히 틀리지 않았다. 다만 현실적이지 않을 뿐이다.

——하지만, 나츠카와가 그러니 나는.

"뭐, 자유죠. 그런 건."

"아! 동생 군도 그렇게 생각해?"

"어떻게 생각하든 자유. 그러니까 얘는 이런 식으로 생각해도 좋다는 말이죠. '연애 감정이 없다면 사귀어서는 안 된다'라고요. 같은 가치관을 가진 사람을 찾아서 친해지고 자기들만의 방식으로 사귀면 되는 거죠. 서로가 납득하고 행복하다면 그걸로 좋다고 생각해요."

"아…….."

"와아, 멋져."

두근, 이 아닌데. 아니…… 전혀 효과가 없잖아. 너무 센데. 뭐지 이 궁극완전체는? 취업 활동 중이라고 말했는데,

이런 사람을 사회에 내보내도 괜찮을까……? 분위기만으로 승진해 나갈 것 같아서 무서운데.

아마 오니츠카 선배가 말한 연애론은 적당히 꿰맞춘 거겠지. 애초에 인싸는 연애 방식 같은 세세한 건 생각 안 할 것 같고. 양자택일을 강요받아도 때와 상황에 따라서 이쪽으로 팔랑팔랑, 저쪽으로 팔랑팔랑 가는 느낌일 것이다. 뭐, 괜찮지 않을까. 그렇게 해서 행복하다면.

"아하하, 그래그래~. 그렇구나."

"?"

"나이가 비슷하기만 한 줄 알았는데 생각보다 어른스럽구나── 동생 군은."

"반할 것 같아요?"

"응."

"엑."

거짓말, 진짜로? 우와, 기분 들뜨기 시작했어. 어떡하지.

……농담이지만. 어차피 그 대답도 반사적으로 적당히 했을 뿐이겠지. 이제 와서 속을 리가 없다. 이 사람은 유키 다음가는 요주의 인물이다. 내가 이 사람에게 반하는 일은 절대로 없을 것이다. 몇 년이나 한 사람을 계속 좋아한 줄 아냐고, 이 바보야.

"──오늘은 여기까지인가~."

"……!"

오니츠카 선배가 물러나는 분위기를 자아냈다. 이 기회를 놓칠 순 없다. 주위의 분위기도 상당히 좋지 않으니 빨리 돌아가시라고 하자.

"시간도 됐으니까요. 지금쯤 누나가 찾고 있지 않을까요."

"카에데한테는 비밀로 해줘."

"전 입이 가벼워서요."

아무리 그래도 이 사실을 누나에게 말하지 않을 수 없다. 구체적으로 어떤 사이인지 전혀 모르겠지만, 사실이라면 주도권을 제대로 잡아야 한다.

"이런~. 그럼 이건 뇌물이야."

"응? 어——."

"아……!"

가려지는 왼쪽 시야의 절반. 황급히 감은 눈꺼풀에 닿는 부드러운 감촉.

눈을 뜨니 오니츠카 선배의 입술이 내 시야에서 멀어지고 있었다.

"왼손, 안정 취해야 해. 느릿하게."

"……."

"그럼 또 봐~."

멀어져가는 감귤류의 향기.

오니츠카 선배는 주목받는 것도 아랑곳하지 않고 교실에서 나가는 쾌락범. 배웅하면서 할 말 같은 건 떠오를 리가 없었고, 난 왼손의 아픔과 함께 움직이는 걸 잊었다.

"……아니, 무슨…… 어……?"

문득 정신을 차린 건 반쯤 열린 입속에서 큰 거품이 터져서. 왠지 모르게 왼손 끝으로 눈꺼풀을 만졌지만, 거기엔 얇고 마른 가죽이 있을 뿐. 수분은 눈곱만큼도 느껴지지 않았다.

"……어?"

내가 인생을 살면서 처음으로 이성에게 키스를 받은 곳은 예상치도 못한 왼쪽 눈꺼풀이었다.

수준이 너무 높아서 감개고 뭐고 아무것도 느껴지지 않았다. 오히려 위치를 고르지 않는 그 느낌에 전율마저 느꼈다. 이게 연애 강자가 걷는 길이라는 것인가.

"……."

"아, 그…… 사죠찌."

"뭐, 뭐야…… 왜 여길 보는 거야."

어안이 벙벙한 듯한 두 사람. 도움을 구하듯이 바라봐도 반응은 시원치 않았고. 나츠카와한테서는 불쾌한 듯한 목소리가 돌아왔다. 아무래도 이 둘도 분위기를 바꿀 만한 말은 생각나지 않는 듯했다. 망설인 결과, 난 솔직한 의문을 입에 담았다.

"……'느릇'이, 뭐지?"

"……글쎄."

"......."

노도와 같은 문화제를 끝내고 처음 맞이하는 일상. 평범한 아침이라기엔 너무나도 자극적이고, 모욕적이고, 고혹적이고——.

전부터 애타게 그리던 고등학교 생활은 무엇이었는지 자문자답했다.

EX1 ♥♥ 그렇게?

"⋯⋯."

1교시는 현대사회 수업. 조용한 교실에 칠판에서 튀는 분필 소리가 울렸다. 전반에 교과서를 한 손에 들고 술술 읽어나간 선생님은 후반이 되면 항상 우리에게 엉덩이를 보이며 칠판과 마주한다. 그에 비해 우리는 한결같이 노트에 사각사각 옮겨 적는다.

하아⋯⋯. 뭘까. 샤프를 놀리는 손은 바쁜데 지루하다고 해야 할까. 좀 더 의욕이 생기는 방식은 없을까 하고 생각했다.

맥 빠진 상태로 있으니 선생님의 손이 멈췄고 던져진 분필이 딸그락 소리를 냈다. 보니까 선생님은 교탁 위에 펼쳐둔 채로 있는 교과서의 페이지를 팔랑팔랑 넘겨 확인하고 있는 것 같았다. 겨우 찾아온 잠깐의 휴식 시간이다. 이틈에 우리 학생들은 샤프를 놓고 기지개를 켜거나 간지러운 코를 긁거나 손거울로 앞머리를 체크하거나 한다.

나츠카와는 내 뒷자리에서 뭘 하고 있을까⋯⋯. 소리가 없다. 궁금해지기 시작했다. 어떻게 확인할 수 없을까⋯⋯.

좋아⋯⋯ 그렇다면 그 수를 쓰자.

손으로 턱을 괴고 나른한 척을 하면서 바로 왼쪽 창문에 반사되는 상으로 뒤를 엿보려다가── 절규했다.

"──히익?!"

"어? 뭐, 뭐야……?"

"왜, 왜 그래……?"

끅, 구오오오오오오오오오오……! 외, 왼손을 다쳤다는 걸 잊고 있었다……!

아픈 나머지 오른손으로 왼쪽 손목을 잡고 고통에 몸부림쳤다. 붕대가 감겨있어서 겉으로 보기엔 별반 다르지 않지만, 좋지 않은 영향을 줬다는 건 틀림없을 것이다. 하필이면 다친 곳인 손바닥 위에 턱을 올려버리는 통한의 미스. 이런 바보 같은 일이 있을 수 있나…….

"……괜찮나, 사죠."

"윽…… 옙…….."

이쪽을 바라본 선생님이 내 상태를 보고 짐작한 듯이 물어봤다. 겨우 눈물을 글썽이면서 대답할 수 있었다. 부, 부끄럽다…… 구멍이 있으면 루팡 다이브를 하고 싶다.

"……바보라니깐."

뒤에서 어이없다는 듯이 중얼거리는 목소리. 완전히 풀이 죽은 나는 왼손을 무릎에 얹고 그냥 얌전한 아이가 되었다.

◆

왼손을 쓰지 않는 생활? 여유라고!

그렇게 큰소리치고 학교생활을 한 지 어느 정도 지났다. 막상 뚜껑을 열어보니, 갑자기 짐을 들어 올릴 때 왼손으로 잡고 힘을 줘버려서 고통에 몸부림치길 세 번. 그리고 아까 전의 예상 밖의 사고가 있었다. 생각했던 것보다 몇 배는 무의식적으로 왼손을 쓰고 있었다. 혹시…… 난 태어나서 지금까지 주로 쓰는 손을 잘못 알고 있었던 건가……?

"……하아…………."

"고생하고 있는 것 같네~, 사죠찌."

"조금이라면 몰라도, 너무 많아."

수업이 끝나고 왼손을 바라보며 한숨을 쉬는 나를 아시다가 보기 드물게도 걱정해줬다. 그러는 한편으로 나츠카와한테는 냉정하고 엄한 목소리가 날아들었다.

처음엔 나츠카와도 평범하게 걱정해줬다. 처음 고통에 몸부림쳤을 때는 무심코 '괘, 괜찮아?!'라며 일부러 자리에서 일어나 다가와 줬을 정도였다. 다친 것만으로도 이렇게 좋은 일을 겪을 수 있는 건가, 라고 생각한 게 부주의의 시작이었다. 나의 고통에 몸부림치는 생활이 시작되었다.

서서히 돌아봐주지 않게 된 주위. 나의 부주의함에 짜증이 커지기 시작한 나츠카와.

'다쳤다고 어필하는 거냐?(웃음)'라며 놀리는 야마자키와 다른 애들. 그놈들한테는 밥 먹는 중에 붕대를 푼 손바닥을 보여줄 거다.

나쁜 사람처럼 웃으면서 허공에 떠오른 야마자키의 모습을 째려보며 복수를 맹세했다.

"이, 이런 일로 꺾일 것 같냐……. 내 내구성을 너무 얕보지 말라고? 몸이 튼튼한 것에는 자신 있어. 따끔한 맛을 보여주지……."

"어딜 보고 말하는 거야."

"야, 바보 같은 짓 하면 또 덧난다."

그렇지도 않다. 여자는 아직 괜찮다. 하지만 썩을 남자 놈들, 너흰 안 된다. 얼굴을 맞댈 때마다 씨익 웃으면서 괴롭히고 말이야. 절대로 안 질 거다.

"이제 저놈들한테 놀림 받는 건 싫어."

"정말…… 그런 말 할 때가 아니잖아! 누나한테 이른다!"

"켁, 저기, 그건…… 반칙이 아닐까요……."

"네가 깨끗하게 체념을 못 할 뿐이잖아."

"시무룩……."

"우와, 안 귀여워."

언니 속성을 가지고 있는 나츠카와는 그 능력을 유감없이 발휘해 날 야단쳤다. 걱정해주고 있다는 증거이기도 하니 기쁘긴 했지만, 그렇게 느긋하게 있을 순 없었다.

그렇다, 오늘은 일주일에 두 번밖에 없다고 전해지는 전설의 과목── 체육이 있다. 다음 행사가 체육 대회인 것도 있어서, 그 연습을 위해 구기 종목을 하는 게 확정되어 있다고 한다. 같은 시간에 2학년이 운동장을 쓰니 우리는 체육관에서 한다. 그렇다면 생각할 수 있는 구기 종목은 한정된다.

일진일퇴의 공방전. 뜨겁게 타오르는 시합. 비웃는 남자놈들. 멋없다며 뒤에서 험담하는 여자들. 그저 한결같이 굴욕을 견디는 나── 생각만 해도 소름이 끼친다. 그냥 견학으로 끝낼 수는 없다. 절대로 어딘가에서 만회해주겠다.

"……흡……."

"왜, 왠지 사죠찌 불타고 있지 않아?"

"정말…… 괜찮을까……."

◆

3교시가 되어 드디어 체육 시간이 되었다. 여자가 전용 탈의실로 향하고, 남자는 교실 안에서 체육복으로 갈아입기 시작했다. 홋, 드디어 이때가 와버린 건가.

"야 야 사죠. 너 옷 갈아입을 필요 있냐?"

"교복 입고 쉬는 편이 좋지 않냐?"

"이, 이봐, 너희들."

"시끄러, 여친 있는 놈은 입 다물고 있어."

"으…….."

히죽거리는 웃음을 지은 야마자키와 이와타가 부랴부랴 교복을 벗기 시작한 나에게 시비를 걸어왔다. 사사키가 제지해준 것 같지만 여친이 있다고 놀리자 얼굴을 빨갛게 물들이고 싱겁게 격침됐다. 야 사사키…… 너 너무 순진한 거 아니냐! 그리고 여친 있는 놈은 짜져 있어!

"얕보지 말라고. 난 오늘 명심판이 된다. 농구, 배구, 핸드볼, 탁구, 모든 규칙을 머리에 집어넣고 왔다. 너희가 점수를 딸지 말지는 나에게 달린 거다. 야마자키, 네 슛은 전부 무효다."

"앗?! 치사하다, 사죠!"

"그거 명심판 맞냐……?"

그렇다, 설령 내가 다치지 않고 평범하게 체육에 참가한다고 해도 어차피 남자 중에서 둘은 심판과 다른 역할을 맡게 된다. 즉, 다친 사람이 딱 한 명 있는 정도라면 아무런 영향도 없다는 것이다. 이게 바로 요행이란 것이다. 아직 희망은 있다.

"……좋아."

붕대를 단단히 다시 감고 체육관으로 향했다.

탈의실에서 옷을 갈아입고 준비를 마친 여자들이 여기저기에 모여 있었다. 그 몇 명 중에는 이치노세의 모습도 있었다. 체육관에 들어온 나와 눈을 마주치자 불안한 듯한 표정으로 쭈뼛거리면서 주위를 둘러보며 이쪽으로 다가왔다. 그렇게까지 눈에 띄지 않게 행동하는 이유는 대체……? 설마 나랑 이야기하는 게 부끄러운 건가……?

이치노세의 시선은 내 왼손을 향하고 있었다. 쌀쌀해지기 시작한 계절이지만 체육관이라서 우리 남자의 체육복은 아직 반팔이다. 교복을 입었을 때와는 다르게 노골적으로 보이는 왼손에 애처롭게 감긴 붕대를 보고 걱정해주고 있을 것이다.

"사, 사죠 군……. 역시 견학하는 편이."

"괜찮아 괜찮아. 어차피 심판이나 하게 될 건데. 견학 같은 거야. 왼손을 쓰는 일은 없을 거야."

"……."

나를 보는 걱정스러운 표정은 변하지 않았다. 미안해 이치노세……. 남자에겐 가만히 있을 수 없는 순간이라는 게 있어. 여기서 놀림당하는 채로 얌전히 있으면 흑역사로 남고, 저 녀석들한테 영원히 웃음거리가 되겠지. 앞으로의 학교생활을 헛되이 할 순 없어.

"——아! 애, 와타루!"

"윽……."

이어서 체육관에 들어온 나츠카와와 아시다. 나츠카와는 날 보더니 눈을 치켜뜨고 이쪽으로 다가왔다. 이, 이건 혼내고 있네요……. 안 좋은 예감이.

"왜 체육복으로 갈아입은 거야! 그냥 참가할 생각이야?! 얌전히 쉬어!"

"아, 아니 그 왜, 몸을 전혀 안 움직이는 포지션이 있잖아? 아마 그런 느낌이니까! 상처가 악화하진 않을 거야! 그치, 아시다!"

"뱉은 말은 주워 담을 수 없어, 사죠찌."

"어어…… 어?"

황급히 변명해서 아시다에게 공감을 구했지만, 아시다에게서는 예상보다 패기가 넘치는 말이 돌아왔다. 아차 싶어서 보니 아시다는 그 눈에 투지의 불꽃이 불타고 있는 것 같았다.

"……혹시, 여자는 배구?"

"완전히 투지에 불타고 있어……."

"으으……."

쓴웃음을 짓는 나츠카와와 인싸에 스포츠 근성이 있는 아시다에게 전전긍긍하는 이치노세. 부활동 같은 숨 막히게 뜨거운 분위기가 기다리고 있다고 생각하면 심플하게 싫을 것이다. 안 된다…… 나 이상으로 열혈인 녀석을 봐서 조금 냉정해지고 말았다. 나도 기합을 넣어야 한다.

"……남녀 따로지?"

"그러니까 얌전히 견학해."

"시, 싫어……."

"고집이 세다니깐…… 어떻게 돼도 모른다."

"윽……."

쩔쩔매면서도 이야기하고 있으니 학생이 서서히 체육관에 모였다. 그리고 마지막으로 체육 교사가 느릿느릿 나타나 전원 집합. 스트레칭을 끝내고 남녀가 체육관을 반반씩 나눠서 썼다. 남자는 농구, 여자는 배구다. 농구인가, 좋겠다……. 나도 그냥 참가해서 재밌게 하고 싶었다.

좋아, 적어도 심판으로서 모두의 실력이 어떤지 볼까.

"사죠, 넌 스코어보드다."

"어……? 저기, 선생님? 저는 심판을──."

"무슨 소리야. 심판도 라인을 따라서 뛰어다니잖아. 그렇게 다쳤는데 무모한 짓 하려고 하지 마."

"그, 그럴 수가……!"

"자, 빨리 가져와."

"저기, 잠깐만요……."

이, 이 자식……! 내가 활약할 기회가……!

아니 잠깐만……? 스코어 담당이라고 해서 활약할 곳이 없는 건 아니다. 월드컵에서도 여자 심판이 스코어보드를 의기양양하게 들어서 주목받았잖아. 나도 여기서 칼같이 정확한 스코어를 카운트해서 주목── 받을 리가 없지. 알고 있었다.

"하아……."

체육관을 반으로 나눠서 스테이지 쪽을 남자 농구 코트로 삼았고, 그 반대편에서 여자 배구 네트를 쳤다. 난 등번호와 호각이 든 바구니를 옆구리에 끼고 바퀴가 달린 스코어보드를 체육 창고에서 끌어서 가져왔다. 훗, 절반을 준비해줬다고. 어라, 이건 그냥 잡일이 아닌가……?

"땡큐 부상자."

"시끄러."

내 발차기를 날쌔게 피하는 야마자키. 몸을 꺾어가며 아주 우습게 뒤로 뛰고는 '케케케……'하고 웃고 있었다. 여전히 좋은 키와 얼굴을 금방 못 쓰게 만드는 녀석이다. 아직 인기가 많아질 것 같진 않네.

선생님의 판단으로 주심은 농구부인 야마자키가 되었다. 세 개로 나눈 팀의 전력을 비슷하게 만드는 목적도 있는 듯했다. 냉정하게 생각하면 당연하단 말이지……. 그리고 현역 부원인 야마자키에게 농구 관련으로 이기는 건 지극히 어려운 일이 아닐까…….

"명심판은 못 됐구나, 사죠. 큭큭큭."

"으그극……."

부, 분하다……! 하지만 잘하는 녀석 앞에 뻔뻔하게 나서는 짓을 해도 그냥 짜증 나는 녀석만 될 뿐인가……. 섣불리 주심 같은 게 돼서 책임을 감당하며 실수하는 것보다 담담하게 스코어를 넘기며 실수하지 않도록 하는 게 견실할 것이다. 지금은 기회를 엿보는 거다, 사죠 와타루……!

『저, 저기…… 선생님————.』

『응……? 오, 그런가. 어~이! 사죠!』

"? 네?"

『자, 교대!』

"……예?"

◆

"——사죠~, 저기도 굴러가고 있어~!"

"오, 오케이~."

손가락으로 가리킨 끝에 파랑, 노랑, 하양 삼색으로 색칠된 공이 굴러갔다. 나는 그 공을 공원에서 노는 개처럼 가볍게 뛰어서 쫓아갔다. 남자의 진지로 굴러가기 전에 어떻게든 막고 배구 코트의 네트 너머로 전력으로 볼링공을 굴리듯이 굴렸다.

다음 순간, 시야 끝에 토스로 네트보다 높이 뜬 공을 포착하는 그림자가 비쳤다.

"다음~! 얍!"

"——여, 여기다…… 앗?!"

"아~! 아깝다!"

강스파이크를 여자가 리시브로 받았다. 일상적으로 운동을 하지 않는 여자의 얇은 팔로 받아내는 데는 무리가 있었는지, 공이 엉뚱한 방향으로 날아갔다.

"사죠, 미안~!"

"괜찮아 괜찮아~."

굴러가는 공을 쫓았다. 알 수 없는 스핀 때문에 약간 농락당했지만 어떻게든 잡아서 네트 너머로 굴릴 수 있었다. 달성감에 나도 모르게 볼의 땀을 닦았다.

그렇다, 이것은 나에게 주어진 새로운 사명── 여자 배구공 줍기다. 여러 이유로 참가하지 않고 견학하는 여자 대신 남자 측에서 파견된 것이다.

"에헤, 고마워. 사죠."

"괜찮아."

여자의 윙크&멋쩍게 웃고 혀를 날름 내밀며 하는 감사 인사. 땀이 나오고 숨결이 거친 상태에 나온 청춘 스마일의 위력은 컸다. 확신했다, 내가 활약할 장소는 여기였다. 썩을 놈들, 너흰 남자끼리 놀고 있어라!

"다음~! 얍!"

"──꺅?!"

"우왓?!"

이어서 때린 강렬한 스파이크. 받아내지 못해 뒤로 튕긴 공이 내 얼굴 옆으로 아슬아슬하게 지나갔다. 벽에 부딪치자 '파앙' 하고 큰 소리를 냈다. 너무 놀란 나머지 목구멍 밑바닥에서 얼빠진 소리가 나오고 그 자리에서 꼼짝 못 하고 서버렸다.

"사죠찌~! 공 부족해졌어~!"

"네가 너무 진심으로 하는 거라고! 여자애들 못 받아내고 있잖아! 전부 뒤로 날아오는데?!"

"에헤~, 기합이 들어가서 그만."

남자와 달리 여자는 시합을 하지 않았다. 다가오는 체육 대회에서는 거의 확실하게 1~3학년 합동 배구 대회가 있으니 기초를 닦는 것부터 시작한다고 한다. 토스와 리시브 랠리를 끝낸 지금, 아시다의 공격으로 리시브, 토스, 스파이크 연계 연습을 하고 있었다. 보니까 첫 리시브 단계에서 실패하고 있는 것 같은데…… 유감스럽게도 아시다는 너무 안 봐준다. 덕분에 공이 대부분 볼보이인 나 없이는 네트 너머로 돌아가지 못했다.

"아시다~…… 초보자 상대로는 너무 강해~."

"케이, 좀 살살 해줄 수 있어……?"

공의 최고 도달점에서 아시다가 몸을 젖히고 있는 모습을 볼 때마다 뭐라 표현할 수 없는 공포가 커지니 말이다. 저 자세까지 가면 팔을 끝까지 휘두르는 수밖에 없을 테고. 현역 배구부원으로서는 이상적이겠지만…….

"살살…… 살살이라……."

"괜찮아?"

"응……! 해볼게!"

이 틈에 살짝 남자 쪽을 보니 농구 시합은 격렬해진 듯했다. 야마자키가 드물게도 엄청 진지한 얼굴로 심판으로서 호각을 불고 있었다. 이와타가 림 정면에서 던진 숏을 넣지 못해 비웃음을 사고 있었다. 재밌겠다……. 나도 농구 하고 싶었는데.

"이치노세, 간다~."

"아, 네……."

오오──.

다음은 이치노세인가. 저 호리호리한 팔로 리시브를 잘할 수 있을지 걱정이다. 다치지 않는지 주의 깊게 봐야 한다…….

"이─얍!"

"엇?!"

"앗?!"

"아니……?!"

살살 치는 게 익숙하지 않은 탓인지 조금 볼품없이 때린 스파이크. 찌부러진 타구는 이치노세가 있는 위치에서 크게 벗어난 곳으로 가고 있었다. 기분 탓인지 아까 전과 기세가 거의 변함없는 타구가 내가 있는 곳을 향해 똑바로 오고 있는 것 같은데…….

──아니, 기분 탓이 아니야!!

"사죠찌!"

"와타루!"

"큭……?!"

받아내기 위해 황급히 양손을 앞으로── 안 된다! 이 이상 왼손에 자극을 줘버리면 확실하게 상처가 악화한다!

그럼 몸으로 받아── 안 된다! 맞으면 심플하게 아플 것 같다! 이제 아픈 건 사절이다!

그렇다면!

"──흡……!"

자신의 반사신경을 믿고 오른쪽으로 점프. 좋았어, 이제 바운드하는 타구의 사선에서 벗어나── 뭐……?!

슬로모션으로 비치는 세계. 피했어야 하는 타구는 대각선 앞 바닥에 충돌했고 타원구가 되어 시계방향으로 핑핑 회전했다. 그리고 탄력이 작용하여 바닥에서 튄 공은 Z축에 반사각을 만들고 그대로 내 하반신으로 향했다.

──아아, 여신이시여.

"※△☆ㅁ△％※??!!"

"사, 사죠찌이~!!"

거대한 해머로 몸의 심지를 꿰뚫린 듯한 충격. 착지하기 위해 버틸 힘은 다리에 남아있지 않았고, 다가오는 바닥을 향해 아슬아슬하게 여력이 남은 오른팔을 뻗어 손바닥으로 짚고 버텼다.

충격을 완화하면서 바닥에 튀는 내 오른쪽 측면. 체육관의 반발력 강한 바닥은 거의 모든 충격을 나에게 돌려줬다. 그리고 그 충격은 공을 맞은 하반신의 어느 한 곳에도 전해졌다.

"⋯⋯⋯으⋯⋯! ⋯⋯읏! 윽⋯⋯! ⋯⋯으⋯⋯!"

"사, 사쬬찌의 사쬬찌가!"

고통이라기보다는 차멀미를 500배로 키운 듯한 불쾌한 감각. 너무나도 큰 고통에 비명을 지를 뻔하면서도 나의 있을까 말까 한 자존심은 여자가 눈앞에 있다는 사실에 초인적인 힘을 발휘해 자세를 회복했다. 순간적으로 일어선 나는 바닥에 한쪽 무릎을 대고, 다른 한쪽 무릎에 올린 오른팔에 볼을 꼭 붙이는 그럭저럭 모양이 잡힌 자세를 잡았다.

"⋯⋯으⋯⋯오오⋯⋯⋯⋯."

"사쬬찌!"

쿵쿵거리며 뛰어오는 발소리. 바닥이 약간 진동해서 내 현재 환부에 진동을 발생시켰다. 그만해⋯⋯! 부탁이야⋯⋯! 좀 더 천천히⋯⋯! 그렇게 전력으로 달려오지 마⋯⋯!

"사죠찌! 미안! 괜찮아?!"

"…………."

"사, 사죠찌……! 그, 어떡하지……! 드, 등 문질러주면 나아?"

그만하세요. 지금 절 만지지 말아 주세요. 절대로 흔들지 마세요. 부탁이니까 가만히 두세요. 지금만큼은 제 존재를 잊어주세요.

"아니면…… 그……."

그만해! 이럴 때만 얼굴을 빨갛게 물들이면서 내 하반신에 자극을 주는 말을 하지 마! 내 눈앞에 땀이 흐르는 맨다리를 들이대지 마! 내 정면에서 오버사이즈 옷의 옷깃을 보여주면서 몸을 숙이지 마! 내 그곳에 시선을 주지 마!

"괘, 괜찮, 괜찮……아……."

"그, 저기……."

체면 따위는 신경 쓰지 않고 오른손 손바닥을 내밀어 아시다를 떨어뜨렸다. 한사람분의 거리가 생긴 걸 확인하고 전혀 사라질 기미가 안 보이는 불쾌함을 참으며 기합으로 일어섰다. 뒤로 돌린 손을 체육관 벽에 대서 온몸을 지탱하고 회복하면서 어떤 모습을 가장하고 웃어보였다.

"헤, 헤헤헤……."

"무, 무리하게 안 웃어도 괜찮은데……?"

"헤헤헤헤헷……."

"그렇게 굳은 웃는 얼굴, 처음 봤어…….”

그만해, 동정하지 마. 차라리 웃어넘겨. 지금만큼은 내 체면을 세워줘. 내년까지 네 노예가 돼도 좋으니까. 두 번 다시 바보 취급하거나 하지 않을 테니까. 전 재산을 줄 테니까.

"헤엑…… 헤엑…… 괜찮으니까, 자리로 돌아가…….”

"으, 응. 미안해…….”

"사과 안 해도 되니까…… 살살 하고, 컨트롤을, 정확하게…….”

"아, 알았어!”

반 여자의 시선을 한 몸에 받으면서 어떻게든 겉으로만이라도 다부지게 행동해 보였다. 겨우 조금씩 불쾌함이 가시기 시작했다. 나중에 여자애들하고 떨어진 그늘에서 내 아들의 무사함을 확인하도록 하자. 하나와 두 개가 잘 있는지 확인하는 거다. 늘어나도 줄어들어도 안 된다. 이 계산을 틀려서는 안 된다.

"그럼…… 다음은 아이찌!”

"으, 응…….”

내 전방, 나츠카와가 코트 안에 들어와 리시브 자세를 잡았다. 큰일이다, 새삼스럽게 나츠카와가 체육복을 입은 모습을 의식해버린다! 교복보다 몸의 라인이 드러나는 모습으로 이쪽에 엉덩이── 등을 보이지 않았으면 한다. 내

아들에게 좀 더 여유가 있을 때 부탁하고 싶다!

"이—얍!"

"!"

좋아! 나이스 아시다, 딱 좋은 타구 속도다! 컨트롤도 좋다! 나츠카와라면 간단하게 리시브할 수 있어! 내가 움직일 필요 없다!

"흡……!"

"이치노세!"

"하, 하와……?!"

"카오링!"

"——에잇!"

"나이스~!"

아시다의 딱 좋은 타구에 나츠카와가 화려하게 리시브를 하고, 이치노세가 당황한 모습으로 어설프게나마 공을 토스. 그 공을 코바야시가 점프해서 팡 때려서 네트 너머로 돌려보냈다. 오랜만에 연결된 연계에 아시다가 기쁜 듯이 소리를 질렀다.

"케이도 지금 거 좋았어."

"에헤헤, 진짜~?"

"다음도 부탁할게?"

"응!"

후우…… 차분해진다. 이러면 된 거야. 그렇게 화기애애

하게 날 안정시켜줘. 지금은 조금이라도 멘탈에 좋은 경치를 보고 싶어. 그리고 아까 있었던 모든 일을 잊어줘. 구멍이 있으면 브라질로 도망치고 싶다.

"……."

"……응?"

연계가 잘 돼서 여자들이 기뻐하고 있는 한편, 가만히 이를 악물고 고통을 견디고 있는 나를 돌아보는 나츠카와. 무슨 생각을 한 건지, 아까 전의 이치노세처럼 쭈뼛거리며 나에게 다가왔다.

아니, 잠깐…… 기다려주지 않을래요? 나츠카와는 위험하다. 나츠카와는 지금 다가오지 않았으면 한다. 사치스러운 고민이라는 건 알고 있다. 지금만큼은 전처럼 날 전력으로 싫어했으면 한다. 지금만큼은 본능적으로 거부감이 든다는 말을 들어도 기뻐할 수 있다. 내 아들도 혼자가 되고 싶을 때가 있다.

"이, 있잖아……."

그, 그만해. 왜 귓가에 입을 가까이 대는 거야. 비밀 얘기를 하는 거라면 나중에 해도 되잖아. 거리가 가까워. 불순 이성 교제다. 선도부가 가만히 안 있을 거라고. 뜨뜻미지근한 숨결이 귀에…… 앗.

"고, 고추…… 그렇게 아파?"

"_____."

　고등학교 1학년, 가을.

　상처를 입어도 격동의 학교생활에 평온은 찾아오지 않았다. 귀가부라 하더라도 해프닝은 평등하게 일어나는 것 같은데——.

　난 몇 번째인지 모르게 눈을 까뒤집은 모습을 많은 사람에게 보여줬다.

EX2 ♥♥ 힘이 되어주고 싶어

문화제가 끝나 교실 안은 이벤트 전의 들뜬 듯한 분위기가 완전히 사라졌고 학생들은 고등학생으로서의 일상생활을 되찾았다. 그런 가운데, 복도 측 뒤쪽 자리에는 일상이 너무 심하게 돌아온 학생도 있었다.

이치노세 미나——독서를 좋아하고 조용하고 몸집이 작은 여자애다.

"……."

수업 사이의 쉬는 시간. 빠르게 책상 위에 다음 수업의 교과서와 노트를 꺼낸 미나는 여느 때와 마찬가지로 가방에서 소설을 꺼내 책갈피를 끼워뒀던 페이지를 펼쳐 눈으로 활자를 쫓기 시작했다. 집중하는 사이에 이윽고 주위의 잡음과 웅성거림은 들리지 않게 되었고, 미나는 자신을 이야기의 세상에 몰입—— 시켰어야 했다.

"……."

이야기의 내용이 머리에 안 들어온다. 왜 당연하게 되던 것이 안 되게 되었는가. 미나는 그 원인을 왠지 모르게 알고 있었다.

왼쪽 대각선 앞에 앉는 갈색 보브컷 여학생—— 시라이 노노카. 미나만큼은 아니지만, 굳이 말하자면 얌전한 편에

사근사근한 여자아이다. 독서라는 공통의 취미가 있는데, 그녀는 소설 외에도 순정만화도 똑같은 정도로 즐긴다는 점에서 미나와 비교하면 커버하는 범위가 넓다.

그리고 또 한 사람. 교실 반대편에서 미나가 유일하게 신뢰하는 남학생 앞에 앉는 검은 숏컷 여학생—— 오카모토 아오이. 똑같이 독서가지만 이쪽의 취미는 순정만화 일변도다. 그런 공통의 취미가 있어서 평소에는 시라이와 함께 시간을 보내며 이야기 속에 등장하는 동경하는 캐릭터를 화제로 삼아 이야기꽃을 피운다.

——그런 두 사람이 모이지도 않고 그저 가만히 자리에 앉아 기운이 없는 듯이 고개를 숙이고 있었다. 2학기가 시작된 이후, 이래저래 미나의 자리에 모여 끝없이 관심을 주고 독서를 하고 싶은 미나의 성역에서 떠들던 그 둘이 말이다.

미나는 왜 저 둘이 저런 상태가 됐는지 모른다. 이는 오히려 미나가 독서에 집중할 수 있다는 점에서는 기쁜 일일 것이다. 이로써 겨우 예전처럼 이야기의 세계에 몰두할 수 있을 것이다.

——하지만 그렇게 되진 않았다.

"……."

아무래도 저 둘의 상태가 신경 쓰였다. 어깨를 축 늘어뜨리고 조금도 즐겁지 않은 듯이 있는 저 둘.

1학기까지 다른 사람에게 흥미가 없었던 미나가 왜 이렇게 됐는가. 이유는 단 하나, 미나가 다른 사람과 엮이게 되었기 때문이다. 그때의 일상이 지금의 미나에게는 비일상이기 때문이다. 미나에겐 이 심경의 변화에 대한 아주 비슷한 전례가 있었다.

(……사죠 군.)

아까 말한 유일하게 신뢰하는 남학생── 사죠 와타루. 여름방학에 한 아르바이트에서 신세를 지고 다소 이야기를 하게 된 남자아이. 아르바이트에서의 선후배 관계는 아쉽게도 끝나버렸지만, 2학기부터는 반 친구로서의 관계가 이어지고 있었다.

아르바이트를 계속해서 다른 사람과 관계가 늘어나면서 2학기부터 미나는 독서 횟수가 줄었다. 한 권의 책에 들이는 시간이 길어져 쌓아둔 채로 안 읽은 책이 늘어난 것을 아쉽게 생각하는 한편으로 이런 생각도 했다── 1학기 이전의 그 시절로 돌아가고 싶냐고.

그렇게 생각할 때마다 미나는 생각했다. '절대로 돌아가고 싶지 않다'고.

아주 약간의 용기였다. 딱 한 걸음 나아갔는데, 미나의 세상을 전부 바꿨다. 기억에 남을 리도 없었던 일상이, 딱 한 사람이 늘어난 것만으로도 농밀한 추억이 된다는 걸 알게 됐다. 공허한 기억이 될 예정이었던 문화제가 소중한 추억이 되었다.

　자신의 다리만으로 선다는 것, 자신을 바꾼다는 것이 얼마나 중요한지를 알았다. 그것은 자신의 성장이라는 실감과 강해졌다는 자각을 가져왔다. 지금까지 이해할 수 있을 리도 없었던 '청춘'이 얼마나 감미로운 것인지를 알았다.

　(이것도…… 그랬구나.)

　다양한 경험을 하고 중요한 것을 깨달은 미나가 지금 자신의 상황을 이해하는 데 시간은 그리 걸리지 않았다. 미나에게 있어서 시라이 노노카와 오카모토 아오이라는 존재는 이미 소중한 일상의 일부가 되어 있었다. 미나의 입장에서 이 둘은 이미 신경 쓰지 않고 내버려 둘 수 있는 존재가 아니게 되었다.

　그리고── 또 한 사람.

　"저기…… 미나."

　"!"

　미나의 일상의 일부인 또 한 사람── 사이토 마이.

　검은 머리카락을 한 갈래로 뒤로 묶고 한쪽 어깨로 내려 다소곳한 분위기가 감돌아 일본 미인이라는 인상이 강한 그녀도 앞서 말한 시라이와 오카모토와 사이가 좋은 인물 중 한 명이다. 1학기부터 문화제 직전까지 그녀들은 셋이서 하나의 그룹을 구성하고 있었다. 그런 세 사람 중에서 유일하게 그녀만이 특별한 상황에 놓여있었다.

"저기…… 그…….."

"……."

"……아니, 아무것도 아냐. 미안해."

"아…….."

쓸쓸해 보이는 표정을 짓고 그녀는 떠나갔다.

원래부터 덧없는 인상은 강했다. 다른 두 사람이 미나의 일상을 떠들썩하게 만드는 한편으로 그녀는 살짝, 천천히 손을 대듯이 미나의 일상에 파고들어 왔다. 솔직히 미나 입장에서 사이토 마이라는 존재는 성격 면에서도 궁합이 좋은 존재였다.

그런 그녀는 요즘 행복해 보이는 표정을 짓기 시작했나 싶으면 지금처럼 쓸쓸해 보이는 표정을 지었다. 이유는 모르겠다. 하지만 지금 보인 표정에는 짚이는 데가 있었다.

독서가인 미나는 원래 혼자 있는 걸 좋아했다. 그래서 1 학기 때까지는 스스로 자진하여 혼자이기를 선택했지만, 가끔 자기 속에 모순된 감정이 끓어올랐다. '혼자는 외롭다' '비참한 건 싫다'며 가슴속에서 소리 높여 외치는 자신이 있었다.

지금의 사이토의 표정을 보고 있으면 미나는 하릴없이 그때의 안타까움을 계속해서 얼버무리는 자신이 떠올랐다.

(……어떻게든, 하고 싶어.)

2학기부터 이래저래 얽혀온 세 명의 친구들. 그런 그녀들이 지금은 흩어져서 혼자가 되었다. 처음엔 귀찮다고 생각했던 그녀들이 정신을 차리고 보니 소중하다고 생각하는 존재가 되어 있었다. 그런 있는 그대로의 자신을 부정할 비굴함은 지금의 미나에겐 없었다.

한편으로 미나에겐 과제가 있었다.

(대체 뭐가 원인이 돼서…….)

그녀들에게 일어난 이번의 원인—— 짐작 가는 점을 찾으려고 해도 미나는 그녀들에 대해 전혀 몰랐다. 알려고 하지도 않았다.

(……지, 지금 이대로는 안 돼.)

미나는 행동하는 것의 중요함을 알고 있다. 우선 필요한 것은 정보수집. 왜 시라이와 오카모토는 기운이 없는지, 왜 사이토는 어색한 표정을 짓는지 그 배경을 알 필요가 있었다. 우선은 직접 말을 걸거나, 사정을 알고 있는 다른 사람에게 물어보는 수밖에 없을 것이다.

미나는 자신을 고무하듯이 일어섰다.

(아, 아으으…….)

현재 장소, 미나의 자리.

1학기와 비교해서 사람과 엮이는 일이 많아진 미나. 하지만 원래부터 소극적인 그녀에게 있어서 '스스로 말을 건다'는 행위는 지금도 고행 중 하나였다. 용기를 내는 것의 중요성은 이해하고 있지만, 이것과 그건 다른 이야기다. 미나는 생각이 안이했던 자신을 부끄럽게 여겼다.

결국── 믿음직한 전 선배에게 의지하는 수밖에 없나. 사실은 다친 그에게 기대고 싶지는 않았지만.

미나는 약간의 분한 마음을 품은 채로 그의 자리로 가서 그의 등에 말을 걸려고 했다.

"저, 저기…… 사죠 구──."

"후우…… 어?"

"하와……."

말을 건 순간 일어서는 와타루. 타이밍이 겹쳐서 미나는 말문이 막혀버렸다. 당황하면서도 어떻게든 하고 싶은 말을 하려고 했지만,

"미안, 이치노세. 화장실 좀 먼저 갔다 올게."

"앗……."

미안미안 하고 말하면서 머리를 꾸벅꾸벅 숙이고 떠나가는 와타루. 손을 뻗을 틈도 없이 그는 교실에서 나갔다. 긴급도가 높을 것이라 짐작하고 쫓아가지는 않았다. 애초에 미나의 다리로는 따라잡을 수 없다.

초장부터 유일하게 믿고 의지하는 사람에게 어쩔 수 없이 거절당해 미나는 멍해졌다.

"──."

"……저기, 이치노세?"

"!"

"그, 와타루가 미안해."

"사죠찌도 너무하지~."

풀이 죽은 미나에게 쭈뼛거리며 말을 건 것은 화장실로 달려간 와타루의 뒷자리에 앉는 여학생── 나츠카와 아이카. 1학기 때부터 아시다 케이와 함께 와타루와 같이 있는 예쁜 여자아이다. 반짝여서 쳐다보기만 해도 말문이 막혔다.

미나 입장에서 보면 아이카는 와타루의 친구. 즉 '친구의 친구'이며, 그건 그야말로 생판 남이나 마찬가지인 존재였다. 와타루 없이 대화를 이어나가는 것은 난이도가 약간 높다.

마치 가족인 것처럼 미안하다며 사과하는 아이카 옆에서 그 친구인 케이가 미나에게 쓴웃음을 짓고 있었다.

"와타루한테 볼일 있어?"

"데이트하자고 부르는 거야~?"

"아, 아으……."

"얘, 케이."

아이카의 말에 이어서 놀리듯이 말한 케이는 반을 대표하는 밝은 여자아이다. 꾸미지 않은 말로 말하자면, 미나가

'잘 상대하지 못하는 존재'였다. 여기에 그녀를 나무라는 아이카가 없었다면 꼬리를 말고 도망갈 뻔했다.

"그, 괜찮으면 내가 그 녀석한테 전해줄게……."

"……."

"정말, 케이가 놀라게 하니까 말을 못 하게 됐잖아."

"어?! 나 때문이야?!"

그 말이 맞지만, 그뿐만이 아니다.

미나에게는 아이카도 난관이다. 어떻게 보면 수문장이다. 그렇게 무섭게 여길 정도의 존재가 아니라는 것은 알고 있다. 하지만 낯을 가리는 건 이치로 어떻게 되는 것이 아니다.

"……."

"……응, 알았어. 케이, 돌아가."

"어어?! 아이찌?!"

"됐으니까."

아이카에게 등을 밀려 '흐에~엥' 하고 우는 척을 하면서 자기 자리로 돌아가는 케이. 예상치 못한 행동에 미나도 눈을 휘둥그레 떴다.

현재로서는 소극적인 미나의 마음을 헤아린 것처럼 상냥하게 대해주는 아이카. 그 덕분인지 미나는 아주 약간 아이카에게 호감을 품었다.

"그래서, 무슨 일이야?"

"으……."

그렇다고는 해도── 그렇다고는 해도.

미나는 아이카에 대해 모른다. 미나가 무서운 것은 무엇이 아이카를 화나게 만드는지 모르는 것이다. 말주변이 없는 미나에게 있어서 그것은 무시무시하게 높은 벽이었다.

무슨 말을 해야 한다고 생각하며 오른손으로 가슴을 눌러 날뛰는 심장을 진정시켰다.

"와타루에게만 이야기할 수 있는 일이야?"

"아……."

미나의 손을 양손으로 살짝 감싸는 아이카. 하는 말도 마찬가지로 부드러웠다. 다소 제멋대로 굴어도 용서해줄 것 같은, 마치 연상 언니를 방불케 하는 분위기. 외모만이 앞서서 순진함이 엿보이는 사사키 후우카와는 다른 포용력이 있었다. 물론 그녀는 연하의 중학생이지만.

공포감이 약해져 마음이 약간 진정된 미나는 자신의 목적을 떠올렸다. 지금 중요한 것은 시라이, 오카모토, 사이토 세 사람에게 무슨 일이 있었는지, 그 정보를 얻는 것이다. 그걸 알 수 있다면 물어보는 상대가 딱히 와타루일 필요는 없다.

정리가 끝난 미나는 각오를 다졌다.

"그…… 물어보고 싶은 게……."

"응, 뭘까?"

"그, 저기…… 여기선 좀…….”

공교롭게도 와타루의 자리 바로 앞에는 어깨를 움츠리고 고개를 숙인 채로 있는 오카모토가 앉아있었다. 아무리 그래도 본인을 바로 앞에 두고 사정을 물어볼 수 있을 리가 없다. 본인에게 물어봐도 되지만, 그랬다가 더 슬프게 만들 가능성을 생각하면 아직 그럴만한 용기는 미나에게 없었다.

"응, 그럼 장소를 바꿀까.”

"아, 네…….”

미나는 아이카에게 이끌려 교실에서 나왔다. 케이가 티나게 쓸쓸한 얼굴로 이쪽을 보고 있었던 게 인상에 남았다.

◇

교실에서 와타루의 자리에 간 후 1분 정도 지났다. 당연하게도 복도에는 아직 와타루의 모습은 없었다. 교실에서 나와서 얼마 안 떨어진 곳에서 미나와 아이카는 마주 봤다.

"그…… 미안해. 나도 모르게 분위기를 타서 끌고 나와버렸네……. 무리하게 캐물을 생각은 없는데.”

"괘, 괜찮아요…….”

"그, 그래? 그럼…….”

아이카는 굳이 장소를 바꿀 정도라면 와타루가 돌아오

는 걸 기다렸으면 좋지 않았을까 하고 새삼스럽게 생각했지만, 미나가 괜찮다고 하니 굳이 말을 하지는 않았다. '이치노세 미나가 와타루에게 하고 싶은 말' ——그걸 알고 싶다는 마음이 앞서버린 것이다. 자신이 모르는 곳에서 와타루와 미나의 관계가 깊어진다—— 현재의 아이카에게 있어서 그게 허용되는 일인지 판단할 수 없었기 때문이다.

그런 아이카의 죄악감 같은 건 꿈에도 모르고 미나는 목적을 이루기 위해 용기를 내서 말을 이어나갔다.

"저기…… 실은——."

미나는 더듬거리면서 시라이, 오카모토, 사이토 세 사람에 대해 아이카에게 이야기했다. 상태가 이상해진 세 사람에게 뭔가 해주고 싶지만, 애초에 무엇이 원인이 되어 세 사람이 저렇게 됐는지 모르겠다고 한다.

그리고 다시 아이카를 바라봤다. 뭔가 사정을 아시나요, 라고 묻는 눈빛으로.

"……? 그러고 보니…… 문화제가 끝난 뒤로 얘기 안 했을지도……."

"……."

"아앗, 미, 미안! 그, 그런 눈으로 보지 마……."

뭐야, 모처럼 용기를 내서 물었는데 모르는 거냐. 그런 감정이 미나의 소극적인 성격을 뚫고 얼굴에 드러났다. 무의식중에 반쯤 감은 눈으로 올려다보고 있었을 것이다. 아이카가 겸연쩍은 얼굴로 시선을 피했다.

아이카 입장에서는 최근에 '와타루가 손에 큰 상처를 입고 병원에 실려 갔다'는 빅 이벤트가 있었다. 친한 친구인 케이나 와타루와 가까운 미나에 대해서라면 몰라도, 다른 반 친구의 상태에까지 마음을 쓸 여유 같은 건 없었다.

"화, 확실히…… 엄청 침울해하는 것 같은데……. 그리고 교실의 분위기도."

"……."

"으…… 미, 미안하다니깐!"

어처구니없게도 교실 안을 들여다본 아이카는 지금 알아차린 것처럼 말했다. 진심으로 하는 말인가…… 미나는 그런 기대가 빗나갔다는 눈으로 아이카를 올려다보고 있었다.

한편으로 아이카는 이게 아닌데, 라고 생각하며 어깨를 축 늘어뜨렸다.

"──나츠카와. 이치노세는 섬세하니까. 아시다랑 똑같이 취급하면 안 된다고."

"……! 와, 와타루…… 늦었네. 시, 시원해?"

"나츠카와? 일단 냉정해질까?"

참고로 '작은 것'에 대해 말한 것이었다. '오른손만 쓰면 좀 고역이란 말이지……. 그리고 아직 좀 아프고'라며 부끄러운 듯이 말해 미나와 아이카는 함께 상상하다가 얼굴

을 붉혔다. 누구에게도 득이 되지 않는 영양가 없는 이야기였다.

그렇다고는 해도 미나 입장에서는 기다리고 기다리던 와타루의 귀환. 설마 아이카처럼 소득이 없지는 않으리라 생각하며 와타루에게도 아이카에게 했던 이야기를 똑같이 했다.

이야기가 진행되어감에 따라서 와타루가 서서히 울 것 같은 표정을 지었다.

"──으읏…… 훌쩍. 설마 이치노세가, 저 셋을 '친구'로 생각하고 도와주려고 하다니…….."

"저기……."

"아, 미안. 진지한 이야기지. 아니, 감동한 건 진짜야."

다시 반쯤 뜬 눈. 미나의 말 없는 호소는 효과가 즉각적으로 나타나는 듯했다. 평소 같으면 와타루의 느긋함을 타박하는 아이카도 이때만큼은 팔짱을 끼고 어색하게 시선을 피하고 있었다.

크흠, 하고 헛기침을 한 아이카가 와타루가 있는 쪽으로 몸을 돌렸다.

"시라이와 모두에겐 나도 힘이 되어주고 싶어. 1학기 때 케이에 이어서 말을 걸어준 건 그 애들이니까."

"그렇다고는 해도 말이지……. 아마 문제가 어려울 건데."

"! 뭔가 알고 있나요……?"

"아니, 뭐…… 예상이라면."

거리를 좁히는 미나와 아이카. 와타루는 둘의 태도에 자기도 모르게 주춤했다. 붕대가 감긴 왼손을 보고 냉정함을 되찾고 원래 위치로 돌아갔다.

"무슨 일이……?"

"이걸 그렇게 술술 말해도 되나……. 아니, 잠깐만?"

"어……?"

와타루가 미나를 바라봤다. 그리고 이번에는 와타루가 미나와 거리를 좁힐 차례였다. 놀란 미나는 뒷걸음질 쳐서 벽에 등을 붙였다.

"누군가에게 도움이 되지 못해 고민하고 있어……? 성격을 생각하면 시노미야 선배 때와는 반대 패턴인가. 만약 그때 고민한 사람이 시노미야 선배가 아니라 이나토미 선배였다면……? 시노미야 선배는 어떻게 해주면 좋아하지……?"

"아, 아으으……."

"자, 잠깐만 와타루……! 왜 이치노세한테 바싹 다가가는 거야! 게, 게다가…… 왜 지금 시노미야 선배의 이름이 나오는 거야……?!"

와타루가 아주 가까이에서 내려다보는데, 얼굴이 가까워 얼굴을 빨갛게 물들이고 앓는 소리를 내는 미나. 놀란 아이카가 화난 얼굴로 와타루를 떼어냈다. 와타루는 그대로 생각에 빠진 표정을 짓고 있었다.

휘둘리는 여자 둘을 거들떠보지도 않고 계속해서 생각하는 와타루. 미나와 아이카는 동요하면서도 의아해하면서 서로의 얼굴을 마주 봤다.

이윽고, 와타루는 머릿속이 정리된 것처럼 둘을 번갈아가며 봤다.

"이치노세…… 처음 아르바이트 면접을 보러 왔을 때의 일, 아직 기억나?"

"어……? 으, 응……."

"그때의 용기를 떠올려줬으면 해. 이 문제는—— 이치노세가 반의 구세주가 될지도 몰라."

"에…… 에에에에에엣……?!"

다음 날 점심시간. 학교 식당은 여전히 학생들로 붐볐다. 그런 와중에 가장 안쪽 테이블에서 마주 보고 있는 4인 그룹이 있었다.

"——저기…… 미나?"

"아, 예……."

"괘, 괜찮아? 미나……."

"……웃……."

미나 왼쪽에 앉은 사이토 마이가 걱정스러워하며 말을 걸었다. 미나의 맞은편에 앉은 시라이 노노카도 똑같이 말을 걸었다. 그 옆에 앉은 오카모토 아오이는 말로 표현하진 않았지만, 표정으로 똑같이 미나를 걱정하고 있다고 말했다.

(제, 제대로 말해야 해……!)

이번 모임은 미나가 소집한 것이었다. 스마트폰의 메시지 앱으로 '상의하고 싶은 것이 있다'며 다른 세 사람에게 한꺼번에 메시지를 보냈다. '그러니 이날 점심시간에 교내 식당에 모여서 직접 이야기를 들어줬으면 좋겠다'고 보낸 것이었다.

이는 와타루와 아이카, 그리고 나중에 가담한 케이와 반장인 이이호시 세이나가 짠 작전에 의한 것이었다. 작전 내용은 단순명쾌── 고민하는 세 사람을 모아서 미나가 모든 속마음을 털어놓는 것이다. 대본 같은 건 전혀 없었고, 미나는 세 사람을 앞에 두고 정말 긴장하고 있었다.

그렇게 긴장한 미나를 약간 떨어진 창가 카운터석에서 바라보는 4인 그룹이 있었다.

"저, 저기…… 셋 다 단팥빵에 우유야……? 나만 도시락이라 어색한데……."

"신경 쓰면 지는 거야, 나츠카와."

"겉모습부터 갖춰보자고 생각했을 뿐이야, 아이찌."

"오히려 잠복하는데 도시락을 가져온다는 건 장기전을 치를 준비가 됐다는 걸 나타내지. 꽤 하네, 나츠카와."

"뭐, 뭐가?! 사전에 회의 안 했지? 나한테만 연락 안 된

거 아냐⋯⋯?!"

약간의 사고가 있었지만, 준비는 갖춰져 있었다. 미나에
게는 와타루 일행 네 명이 이렇게 멀리서 지켜보고 있다고
전달해뒀다. 하지만 사실 이는 다른 세 명을 앞에 두고 미
나의 마음이 꺾여버렸을 때를 대비한 보험이었다. 만일의
경우에는 와타루 일행이 모습을 드러내 미나 대신 고민을
물어볼 생각이다. 물론── 와타루는 미나가 실패하리라
생각하지 않았다.

"이다⋯⋯ 나도 도움이 되고 싶었는데."

"진정해, 아이찌."

"나츠카와는 노력가니까. 사죠의 이야기에 따르면 노력
가가 노력해도 효과가 별로 없다는데."

"그게 무슨 소리야?"

"이치노세가 소극적이고 스스로 앞에 나서지 않기 때문
에 의미가 있는 작전이야. 미안하지만 이번에는 가만히 내
옆에 있어줘."

"와, 와타루⋯⋯."

"잠깐만? 뭔가 분위기가 바뀌었는데."

"뭐야 이거, 재밌어."

작은 목소리로 대화하는 와타루 일행 네 명의 대화가 약
간 도발적인 방향으로 전환되었다. 이에 케이와 이이호시
가 브레이크를 걸었다.

그런 네 사람을 아랑곳하지 않고 미나의 테이블에서는 고민을 품은 모두가 서로 분위기를 보면서 이야기를 시작하려 하고 있었다.

『그래서…… 상의할 게 뭐야? 무슨 일 있었어?』

『그, 그러니까…….』

『뭐든지 말해! 힘이 되어줄게.』

『……!』

머뭇거리는 미나에게 밝은 목소리로 말을 거는 오카모토. 미나 입장에서 보면 그게 허세라는 것은 일목요연했다. 미나는 자기도 모르게 무릎 위로 작은 주먹을 쥐었다.

속마음을 숨기고 있다—— 그건 자신에게 의지하지 않는다는 증거. 미나는 그걸 피부로 느껴 분한 마음이 한층 더 강해졌다. 누군가가 말했던 대로 자신은 마스코트로만 여겨지고 있다는 걸 알게 되었다.

『……웃……!』

『…….』

『……!』

『…….』

날카롭고 강한 눈빛으로 세 사람을 보는 미나. 처음 보는 결의를 다진 표정에 시라이, 오카모토, 사이토 세 사람은 자기도 모르게 숨을 죽였다.

　미나는 자신이 상처 입는 것도 미움받는 것도 각오하고 말을 꺼냈다.

　『모두의, 고민을 알고 싶어요.』

　『…………?!』

　일언일구, 더듬지 않고 똑똑히 전한 말. 그 말은 확실하게 셋의 귀에 전해졌고, 그리고 셋을 놀라게 했다. 반 친구들 모두가 묻지 못했던 것을 지금 유일하게 미나만이 세 사람에게 물어본 것이다.

　『요즘 시라이 양과 모두의 기운이 없어서…… 아무래도 신경 쓰여요.』

　『아…….』

　단숨에 나온 말. 올곧게 전해져 시라이와 오카모토는 눈썹 끝을 내리고 눈을 내리떴다. 다른 누구도 아닌── 그 원인이 지금 미나 옆에 앉아있는 사이토에게 있으니까.

　『다들 기운이 없고…… 누구도 말을 걸어주지 않게 돼서…… 쓰, 쓸쓸해…….』

　『…………미나.』

　미나의 떨리는 목소리를 듣고 오카모토가 무심코 고개를 들었다. 예상대로 미나의 크고 둥글고 처진 눈은 젖어 있었다. 반에 있는 많은 학생을 믿지 못하는 미나가 자신의 약한 모습을 보여주는 것은 이만저만한 각오로 할 수 있는 일이 아니었다.

『무, 무엇을 고민하고 있는지는 전 알 수 없어요……. 도저히 안 되겠으면, 가르쳐주지 않아도 괜찮아요…….』

『앗…….』

열심히 이야기하는 눈에서 결국 눈물이 넘쳐흘렀다. 그래도 멈출 수 없는 미나는 세 명에게 힘이 되어주기 위해 계속해서 말했다.

『제가…… 뭔가 도와줄 수 있는 게 있을까요……!』

『…….』

울먹이는 목소리로 한 말—— 그것은 틀림없는 미나의 속마음이었다.

실제로 세 사람에게 있어서 미나는 보살펴주고 귀여워하기만 하는 존재에 불과했다. 설령 자신이 무거운 고민을 안고 있다고 하더라도, 치유는 받아도 함께 의논할 상대는 될 수 없는 존재였을 것이다.

그런 심약한 마스코트가 직설적으로 전한 '힘이 되어주고 싶다'는 말. 그렇게 눈물을 흘리면서 전한 마음은 세 명의 가슴에 강하게 울렸다.

『……그렇구나. 미안해. 미나.』

『……! 아오이.』

『노노카. 나, 말할게.』

미나의 말을 듣고 처음으로 각오를 다진 사람은 오카모

토였다. 시라이에게 눈짓한 오카모토는 눈동자에 지금까지 보여준 것과 같은 빛을 되찾더니 사이토를 똑바로 바라보며 말했다.

『난 있지, 마이가 사사키랑 사귀어서 쇼크였어.』

『아…….』

『……어……?』

오카모토의 고백을 듣고 슬픈 표정을 짓는 사이토. 한편으로 미나는 눈물을 그치고 둘을 번갈아가며 봤다.

와타루는 세 사람이 고민하는 이유가 '예상이 된다'고 말했었다. 결국 미나에겐 이야기해주진 않았지만, 설마 연애 때문에 엇갈림이 일어났을 줄은 몰랐다. 상상 이상으로 어른의 영역이라 미나는 동요를 숨길 수 없었다.

『셋이서 '사사키 멋지지'라고 이야기하고, 그런 동경을 품고, 가끔 말을 걸고 가슴을 두근거리고, 나중에 다 같이 꺅꺅거리며 떠들고……. 그런 일상이 쭉 이어질 줄 알았어. 그래서 마이가 사사키랑 사귄다는 걸 알았을 때는 '마이가 선수를 쳤다'고 느꼈어.』

『아오이…….』

『하지만, 그건 내가 이상한 거지.』

『어……?』

침울한 모습으로 고개를 숙이고 있던 사이토. 하지만 오카모토가 한 의외의 말에 놀란 기색으로 고개를 들었다.

『사사키는 내 최애'라고 생각했어. 그런 생각은 자신을 속일 뿐이었어. 학교에 가면 사사키는 손이 닿는 곳에 있는데, 아이돌도 아니고. 이렇게 가까이에서 바라보는데 연애 감정을 품지 않을 리가 없지.』

『……』

『나도 똑같아.』

『……!』

오카모토에 이어서 시라이도 사이토를 똑바로 보며 자신의 마음을 전했다.

『결국, 난 사사키를 좋아하게 돼도 고백할 용기 같은 건 없었어. 가끔 분발해서 말을 걸고, 분명 앞으로도 그것만으로 만족했을 거야. 거절당할 가능성을 앞에 두고 사사키에게 자신의 마음을 전할 수 없었어.』

『노노카…….』

『마이는 대단해. 사사키에게 제대로 고백했잖아.』

『분명 우리랑 어색해질 것도 알고 있었겠지. 그래도 용기를 내고 분발해서 고백했잖아.』

『얘, 얘들아……!』

시라이와 오카모토의 말을 듣고 결국 참을 수 없게 됐는지 표정을 일그러뜨리는 사이토. 아까 미나처럼 눈물을 뚝뚝 흘리기 시작했다.

『미, 미안해…… 나, 참지 못해서……! 너희랑 같이 못 있게 된다는 걸 알고 있었는데! 사사키가 계속 좋아져서……!
아오이에게도 노노카에게도 아무 말도 못 했어……!』

『괜찮아. 괜찮아, 마이.』

『사과 안 해도 돼, 마이.』

그렇게 말하며 시라이와 오카모토는 입을 모아 웃으며
말을 이어나갔다.

『축하해.』

『……웃…….』

눈에 아주 약간의 눈물을 머금고 보내는 축복. 사이토는
계속 품고 있던 죄악감을 자극당해 그대로 눈물을 줄줄 흘
렸다. 미나는 무슨 말을 해야 할지 망설인 끝에 사이토에
게 살짝 자신의 손수건을 건네고 등을 쓰다듬어줬다.

『저, 저기…… 내가 힘이 되어줄 수 있는 일은…….』

『이제 괜찮아, 미나.』

『어어?』

『미나는 힘이 되어줬어. 우리가 똑바로 마주 볼 수 있게
해줬어.』

『…….』

『고마워, 미나.』

『정말…… 고마워.』

『………….』

결의를 가슴에 품고 다시 한 걸음 나아간 미나. 그 용기

가 시라이 노노카, 오카모토 아오이, 사이토 마이 세 사람
의 인연을 다시 이어줬다.

　같은 남학생을 좋아하게 된 세 사람에게 있어서 고난은
이뿐만이 아닐지도 모른다. 하지만 미나의 용기가 앞으로
도 세 사람에게 용기를 주고 관계를 이어나가게 할 것이다.

　'고맙다'는 말에 미나는 자신의 노력이 결실을 보았다고
생각하고 웃음을 띠었다.

　멀리서 지켜보고 있어야 하는 네 사람에게 얼굴을 돌렸
는데, 그곳에 분위기 파악 못 하는 멋없는 사람은 아무도
없었다.

◇

　6교시 수업을 끝내고 홈룸을 기다리는 시간. 교실은 평
소와 같은 일상을 되찾았다. 뒤쪽 입구 근처에 있는 미나
의 자리에 오카모토와 시라이가 모여 있었다.

　"미나~! 나한텐 이제 미나밖에 없어!"

　"치사해 아오이! 나도!"

　"떠, 떨어져…………."

　"죄, 죄악감이……."

　미나에게 안기는 오카모토와 그 위로 덮치는 시라이. 그
런 세 사람을 보고 가슴에 손을 대고 위를 보는 사이토. 2학

기가 시작된 이후, 처음으로 과격파가 부활한 순간이었다.

와타루 일행은 그런 네 사람의 모습을 교실 반대편에서 바라보고 있었다.

"아시다. 넌 항상 나츠카와한테 저런 느낌이라고."

"엥~? 난 아이찌한테 달려들거나 하지 않는데?"

"뻔뻔하게 무슨 소릴 하는 거야……."

"나츠카와, 쓴소리를 하다."

한 건이 해결됐다는 분위기에 반장인 이이호시도 같이 모여서 상황을 보고 있었다. 그런 모습을 본 와타루 일행 네 명은 가만히 가슴을 쓸어내렸다.

"……괜찮은 것 같네."

"사사키찌도 싱글벙글하면서 보고 있네."

"사사키……. 그렇게 인기가 많았구나."

"난 오히려 나츠카와가 모른다는 사실에 깜짝 놀랐어."

"……뭐, 결과가 좋으니 된 거지."

아이카는 사사키를 전혀 이성으로서 의식하지 않았다. 바로 얼마 전까지 사사키가 아이카를 좋아했다고 생각하니, 와타루는 사사키가 지금 사이토와 사귀지 않았다면 눈물 없이는 사사키를 못 볼 것 같았다.

다른 학생들도 평소의 모습을 되찾은 세 사람을 보고 안심한 듯이 웃음을 띠고 있었다. 와타루가 생각 이상으로 이 반에서 저 셋의 영향력은 컸던 것 같다.

"어라? 이치노세가 이쪽으로 오는데."

"뭘까……?"

"?"

아시다의 부름에 와타루가 뒤돌아보자 미나가 교실 뒤쪽에서 가볍게 통통 뛰어서 와타루 일행이 있는 곳에 왔다. 그 손에는 어떤 종이 같은 것이 쥐어져 있었다.

"이치노세, 무슨 일이야?"

"저, 저기…… 이번엔 감사합니다."

"괜찮아 괜찮아. 그, 데이트 못 갔으니까. 이 정도야 뭐."

"우와, 사죠찌 아직도 그 소리 하네."

"……"

고맙다고 하는 미나에게 와타루가 '데이트'라는 말을 꺼내자 케이가 얼굴을 찌푸렸다. 아이카는 쓴웃음을 짓고 딱히 아무 말도 하지 않았다. 뒤풀이로 노래방에 갔을 때 한 통화에서 와타루가 삐진 것도 있어서 굳이 부정은 하지 않았다.

"그래서…… 이거."

"응, 이게 뭐야?"

"그…… 답례……!"

"답례?"

"뭐야 뭐야? 무슨 티켓이야?"

"흐음……?"

와타루에게 건네진 한 장의 티켓 같은 것. 흥미를 보인 케이와 아이카가 와타루의 손을 들여다봤다. 그 티켓 같은 종이에는 이렇게 적혀있었다.

"뭐, '뭐든지 해주는 티켓'이에요……!"
""잠깐만——?!""
"뭐야 이거, 재밌어."

방과 후를 앞에 두고 긴장을 푼 학생들. 다시 일상을 되찾은 교실의 평화로운 분위기를 두 여자가 큰 소리로 찢었다.

후기

여러분, 고생이 많습니다. 오케마루입니다.

'꿈꾸는 남자는 현실주의자' 8권은 어떠셨나요. 본 작품에선 처음으로 살벌한 전개도 있어서 특히 주인공에게 자신을 투영하는 독자분께선 괴롭게 느꼈을지도 모르겠습니다. 다음 권에서는 주위에서 주인공을 어떻게 생각하는지를 즐기실 수 있으리라 생각합니다. 히로인과의 관계 변화에도 주목해주세요.

자, 본 작품도 무사히 8권까지 간행했습니다만, 7권을 발매한 2022년 8월부터 현재에 이르는 그사이에 한 가지 큰 사건이 있었습니다.

그것은—— 제가 텔레비전을 새로 샀다는 겁니다.

이야~, 큰일이었어요. 책날개의 저자 근황 코멘트는 읽으셨나요. 네, PS5를 갖고 싶었습니다. 최근 겨우 공급이 따라잡아서 재고가 남게 되었잖아요. '지금이다!' 싶었죠. 하지만 바로 사지는 못했습니다. 오래된 텔레비전으로는 PS5의 성능을 살릴 수 없다고 생각한 것입니다. 그렇게 생각했는데 텔레비전의 사이즈가 너무 크고 텔레비전 선반의 사이즈가 맞지 않아서 정말 큰일이었어요.

코멘트에서 이어지는 내용인데, 최종적으로는 텔레비전이 아니라 모니터를 샀습니다. 자세히 알아보니, 원래 텔레비전으로 지상파 디지털 방송을 볼 수 있는데, HDD쪽에도 지상파 디지털 방송 튜너가 달려있어서 중복되어 있었습니다. 그렇다면 화면은 굳이 지상파 디지털 방송 기능이 있는 텔레비전을 사지 않아도 고해상도 영상을 비출 수 있는 모니터만 있어도 괜찮지 않을까 생각했습니다. 게다가 모니터라면 원래 텔레비전과 같은 사이즈의 물건이 있습니다. 굳이 큰 사이즈를 살 필요가 없는 겁니다. 고해상도 영상 이외의 기능은 불필요했기 때문에 예상보다 싸게 먹혔습니다. 제대로 된 스피커 기능이 없어서 별도로 스피커를 살 필요가 있었지만, 그래도 이게 낫다고 느꼈습니다. 설마 10만엔도 쓰지 않고 4K환경을 손에 넣을 수 있을 줄은 몰랐습니다. 참고로 PS5는 매진됐었습니다.

──네, 이게 아니죠. 그렇죠. 실례했습니다.

전권 이후로 크게 변한 점, 그것은 본작 '꿈꾸는 남자는 현실주의자'가 2023년에 애니메이션화가 결정됐다는 것입니다. HJ문고 및 '소설가가 되자'에서 아직 별로 없는 러브코미디 작품의 애니메이션화라는 점에서 정말 영광스럽게 생각하고 있습니다. 서적화 작품으로서는 처녀작이고, 그

처녀작이 날아오르듯이 만화화, 애니메이션화 되어서 운이 굉장히 좋다고 생각합니다.

애니메이션 제작에 관해서는 원작자로서도 깊이 관여하고 있는데, 처음 겪는 일이라 신선한 일이 많았습니다. 특히 초반 부분의 애니메이션 각본을 작성할 때는 각본가분이 쓴 각본을 제가 원작자의 입장에서 보고 문제가 없는지 확인을 해나가는데, 소설과 각본은 완전히 다른 것이라는 걸 뼈저리게 느꼈습니다. 제가 얼핏 봤을 때는 문장이 이상하다고 생각하기도 했는데, 그게 대본으로 만들어지고 실제로 더빙 현장에서 감정이 실린 목소리가 녹음되니 전혀 위화감이 없었습니다. 평소 지문도 구어체로 쓰는 저도 그걸 알아차릴 수 없었습니다. 하지만 원작자로서 그 각본을 리뷰해야만 하니, 현재에 이르기까지 거친 공정 중에서 가장 칼로리를 요하는 부분이었다고 생각합니다.

그 외에는 캐릭터 데이터를 정리하는 작업도 있었습니다. 주요 캐릭터 한 명 한 명의 성격을 문장으로 쓰고, 생일과 신장, 체중, 스리 사이즈 등도 공식으로 설정했습니다. 애니메이션화를 위해 일부러 짠 설정은 많습니다. 본작에 등장하는 시라이나 오카못쨩, 이치노세의 오빠의 이름은 애니메이션화에 즈음하여 짠 공식 설정입니다. 서로를 부르는 호칭 등도 정했습니다. 참고로 여성의 가슴에 탑과 언더라는 개념이 있다는 걸 이번에 처음 알았습니다.

이 세상의 가슴에는 아직 모르는 비밀이 숨겨져 있는 것 같네요…….

이어서 실시한 것이 성우 후보를 확인하는 것이었습니다. 제작 측으로부터 다양한 성우분의 데모 데이터를 받아 모든 목소리를 듣고 누가 각각의 캐릭터를 맡을 수 있을 것 같은지 후보를 뽑는데, 이게 힘들었습니다……. 분명 캐릭터 한 명당 네다섯 명 정도의 성우 중에서 후보를 고를 줄 알았는데, 뚜껑을 열어보니 주요 캐릭터 한 명당 20~50명 가까이 되는 성우 후보가 준비되었고 각 성우분의 데모 데이터를 받았습니다. 그중에는 당연하다는 듯이 모두가 아는 베테랑 성우분의 데모 데이터가 있기도 했습니다. 그런 분이 본작의 주인공과 히로인을 연기하며 대사를 말하는 겁니다. 그것만으로도 감동했습니다. 그렇게 많은 성우분 중에서 저는 한 캐릭터당 제5후보까지 뽑았습니다. 주인공의 목소리를 담당해주시는 미야세 나오야 씨나 아이카를 연기해주시는 스즈모토 아키호 씨도 그 후보 중에 있었던 겁니다. 본작이 이 정도이니, 2기가 있는 작품이나 원작부터 화제성이 있는 작품의 후보 수는 비교도 안 되겠죠……. 그 원작자분의 고생이 짐작됩니다.

애니메이션 오프닝, 엔딩 주제가 확인은 즐거웠습니다. 전 원작자로서 '특별한 입장'에 있다는 느낌이 그다지 없어서 일반 시청자분들보다 먼저 그 곡을 들을 수 있고 데모

영상까지 봤다는 사실에 어딘지 우월감이 느껴졌습니다. 데모인데 퀼리티가 아주 좋으니 기대해주세요.

그리고 한결같이 애니메이션에 등장하는 미술 설정을 확인했을까요. 여기엔 캐릭터 디자인 확인도 포함되어 있습니다. 이러한 명백하게 중요한 것부터 단역 캐릭터, 풍경, 건물, 건물 구조, 소품, 스마트폰 케이스, 아이콘, 여러 물건의 무늬 등, 원작에도 등장하지 않는 것에 대한 체크 의뢰도 옵니다. 알아서 해주셔도 괜찮다는 생각이 드는 것도 있지만, 그렇게 할 수도 없다는 점이 어렵습니다. 세세한 것 하나하나에 대해 쌍방이 합의하고 일을 진행하는 것이 가장 확실하고 원활하게 일하는 요령이라는 건 제가 일을 하면서도 항상 느끼고 있는 것이기 때문에 틀림없다고 생각합니다.

그중에서도 캐릭터의 사복을 정하는 작업에서는 고생했습니다. 작중에서는 대략적인 종류와 색상만 묘사해서 '예를 들면 어떤 것?'이라고 질문을 받았을 때는 당황하고 말았습니다. 덕분에 현대 고등학생의 패션과 여성복의 종류에 대해 자세히 알 수 있었습니다. 참고로 아이리의 사복과 집에서 입는 옷 등을 정할 때는 제 브라우저의 검색 이력이 위험해졌었습니다.

현장에 가야 하는 일에는 그다지 관여하지 못해 죄송하게 생각하고 있습니다. 현재로서 녹음 현장에는 한 번 방문했습니다만, 그 이후로는 맡겨두고 있는 상황입니다. 전 인생을 살면서 텔레비전 너머를 직접 본 적이 없어서 실제로 만났을 때는 역시 가슴이 두근거렸습니다. 선입관이 있어서인지, 성우분들은 다들 키가 훤칠한 모델 같을 것이라는 이미지가 있었는데 실제로 만나서 눈높이가 같은 걸 알았을 때는 안심했습니다. 이야, 다들 잘생기고 예뻤어요. 다만 제가 신장 180~200cm에 반짝이는 오라를 내뿜는 미스 유니버스 같을 것이라는 이미지를 가지고 있어서, 그야 그렇겠지, 라며 실감했습니다. 과자를 잔뜩 선물했습니다. 아이카 역할의 스즈모토 씨가 본작의 최신권까지 읽어주셨다는 것을 알고 기뻤습니다.

그리고 선전을 위한 이벤트 등이 있었을까요. 작년 12월에는 애니메이션의 배경인 하마마츠시가 놀랍게도 코믹마켓에 출전하여 본작의 애니메이션화를 전력으로 어필하는 일이 있었습니다. 변명은 아니지만, 코미케까지 가는 건 체력이 너무 많이 필요하다고 해야 할까요, 그쪽에 얼굴을 비추는 건 조금 어려웠습니다. 3월 26일 애니메 재팬에서 포니 캐년이 기획한 스테이지도 마찬가지로 많은 사람이 모이는 이벤트는 원래부터 잘 안 가는 사람이라 성격상 어려웠습니다. 애초에 전 인터넷 소설만 보고, 라이트노벨 작가인데도 라이트노벨을 읽지 않고 애니메이션도 안 보는 편이라, 그쪽은 이벤트를 기획하시는 분들과 애니메이션에도 조예가 깊은 분들에게 맡기고자 합니다. 이젠 저보다 더 열심히 하는 분들이 너무 많아서 황송할 따름입니다.

애니메이션 제작과 홍보 환경에 대해서는 요즘 신종 코로나바이러스의 영향력이 큰 것을 걱정하고 있습니다. 아무래도 현장에 모이지 않으면 진행되지 않는 공정도 있는 모양이라 제작진 분들이 건강에 주의하면서 일을 진행해 주셨으면 좋겠다고 생각하고 있습니다.

코로나로 인한 영향은 애니메이션 제작뿐만 아니라, 실은 라이트노벨 쪽도 크게 영향을 받고 있습니다. 서점과 운송업의 규모 축소로 인해 여러분 가까이에 있는 서점에는 라이트노벨조차 진열되지 않게 되는 경향이 커졌다고 생각합니다. 진열된다고 해도 가장 큰 레이블의 인기 작품 정도일까요. 이젠 본작의 실물도 사고 싶은 경우에는 인터넷으로 주문하거나 멜론북스 같은 전문점에 가는 편이 확실하기도 합니다. 지방에 적은 만큼 안타깝게 생각합니다.

한편으로 이 시대에 작가로서 활동할 수 있는 것은 정말 행운이라고 생각합니다. 제가 데뷔한 2020년 당시에는 마침 여러분이 스마트폰으로 전자책을 읽기 시작한 시기라서 그쪽에서 매출을 올리는 걸 기대할 수 있게 되었습니다. 라인과 디스코드로 가볍게 편집담당자님과 대화를 할 수 있게 되었습니다. 그리고 이는 작가의 이야기인데, 마침

집에서 스스로 연말정산을 할 수 있게 되었죠. 일부러 세무서까지 서류를 받으러 가서 우편으로 제출할 필요가 없어진 겁니다. 애초에 '소설가가 되자'의 존재도 크다고 생각합니다. 원고지에 정리해서 출판사에 가져가지 않아도 인터넷에 투고하기만 해도 작가로 데뷔할 수 있었으니 00년대에 비하면 상당히 복 받은 게 아닐까요. 집필 활동도 기본적으로 스마트폰의 메모장으로 하니까요. 그 시기에 본업과 라이트노벨 작가를 양립시키는 건 지금과 비교하면 상당히 어려웠던 것 같습니다. 동기에도 크게 영향을 주고 있는 게 아닐까요. 솔직히 그 시기에 제가 이 작품을 쓸 생각이 있었다고 하더라도 데뷔할 수 있을 것 같진 않습니다…….

전술한 대로 전 원래 라이트노벨이나 애니메이션에도 관심이 없었던 편이라, 그 일에 관여하게 된 이후로 자세히 알게 되는 경우가 많습니다. 특히 라이트노벨, 만화, 애니메이션 등의 업계 이야기는 작가로 데뷔한 이후로 듣게 되었습니다. '나로우계 작품*'이라는 말이 있다는 것도 데뷔한 뒤에 알게 되지 않았을까요. '소설가가 되자'를 많이 이용하고 있지만, 주위의 풍문이나 주위 사람이 어떻게 보는지 신경 쓴 적이 정말 없었습니다. 그런 생각 자체가 없

---

*'소설가가 되자'에서 탄생한 작품을 '나로우계'라고 부른다. '나로우'는 '소설가가 되자'에서 '되자'의 일본어 발음인 なろう에서 따온 것이다. 주로 이세계 전생. 루프물, 주인공이 최강인 작품이 많다.

었습니다. 덕분에 완전히 기회를 놓쳤습니다.

그래서 궁금해졌는데, 이 작품 '꿈꾸는 남자는 현실주의자'는── '나로우계 작품'일까요.

'소설가가 되자'에서 연재되고 애니메이션화 된 작품이 그렇게 불리고 있습니다. 하지만 정의를 조사해보니, 아무래도 그뿐만이 아닌 것 같은 느낌도 듭니다. 흔히들 말하는 '이세계 전생'이라 불리는 장르의 작품은 이미 그 장르만으로도 '나로우계 작품'이라 불리고 있는데, 더 깊이 파고든 결과 '나로우계 작품'은 주인공이 아래의 조건을 만족한 것으로 보이는 경우에 그렇게 불리고 있는 것처럼 느껴집니다.

그것은,

①판타지스러운 현상으로 특별한 스테이터스를 얻고,

②주위와 비교해서 특별한 우위성을 소유하고 있는

③것처럼 보인다.

입니다.

주인공에게 최저한으로 필요한 것은 '특별성'뿐인데, 어떨까요.

③이 독자분들의 주관에 따른 것이라 차이는 있겠지만, 그래도 이세계 전생 계열 작품이 아니더라도 해당할 것 같다는 생각이 듭니다. 게다가 '소설가가 되자'발이 아니더라도 해당할 것 같네요. 현재 러브코미디 작품에까지 ③이 실

현된 것 같진 않지만, ①에 주목하면 이 작품도 1권 초반에 돌발적이고 있을 수 없는 현상에 의해 극적으로 상황이 변화하고 이야기가 진행되고 있습니다. ②는 어떨까요…… 주인공에게 ①에 기인한 뛰어난 능력을 부여하진 않았지만, 설정상 주인공은 '일을 잘한다'는 특징이 있습니다. 하지만 이는 특별히 뛰어난 것이 아니라 아르바이트 경험을 통해 주위보다 먼저 사회 통념을 얻어 세상을 알고 있을 뿐입니다. 요컨대 사회인과 같은 가치관을 가지고 있는 것입니다. 작가로서는 그를 인싸나 아싸로 분류하지 않았고, 커뮤니케이션 능력이 있다, 없다도 분류하지 않았습니다. 그런 의미에서는 다른 작품과는 다른 우위성을 가지고 독자들이 기분 좋게 읽을 수 있는 이야기를 만들었다고 생각합니다. 이것이 ①②를 만족하고 있는 것처럼 보이는가(③), '나로우계 작품'에 해당하는지 어떤지는 그것이 관건이 될 것이라 생각합니다. 작가 입장에서는 아무래도 판단할 수 없습니다. 어쩌면 이 작품이 '나로우계 러브코미디'의 선구자가 될지도 모르죠. 그 부분은 독자분들과 애니메이션 시청자분들의 소감에 맡기고자 합니다.

'나로우계 작품'이라고 하면 AI가 따라잡을 날도 그리 머지 않았다고 하는 업계인의 이야기를 들었습니다.

수많은 작품 중에서도 '나로우계 작품'은 초반 전개가 비슷한 것이 많아서 전개의 경향을 추출하기 쉬워 AI로 문장을 출력하기 쉽지 않을까, 라고 합니다. 과연 그 말이 옳다고 생각했습니다. 게다가 잘 생각해보면 현대 기술로 가능하지 않은가? 라는 생각도 했습니다. 예를 들면 소설 투고 사이트 '하멜른'에서는 작품 속 문장 일부분에 대해 독자는 '여기 좋아' 포인트를 줄 수 있습니다. 즉, 그것을 통해 독자가 '좋다'고 느끼는 전개의 경향을 알 수 있는 것입니다. 거기에 AI의 기능이 갖춰지면 독자가 좋다고 생각한 전개의 문장을 입력할 수 있고, 많은 작품을 거기에 투입해 AI가 학습하고 모두가 좋다고 느끼는 전개의 문장을 출력할 수 있는 것입니다. 어떤가요? 라이트노벨 업계도 AI화 돼서 라노베 작가의 입장이 위태로워지는 미래도 머지않았을지도 모릅니다. 러브코미디 작가인 저도 질 수 없습니다. 앞으로도 AI가 학습할 수 없는 연애와 재미, 안타까움과 애달픔을 여러분에게 제공할 수 있으면 좋겠습니다.

코로나, AI화, 인보이스 제도 등, 앞으로도 냉엄한 미래가 기다리고 있습니다만 질 생각은 없습니다. 주인공도 왼손을 찔러도 소소하게 웃긴 소리를 할 수 있는 강한 면모를 지니고 고등학교 생활에 임하고 있습니다. 애니메이션에 지지 않는 기세로 원작도 재밌어질 테니 부디 앞으로도 응원 잘 부탁드립니다.

오케마루였습니다.

YUMEMIRU DANSHI HA GENJITSUSYUGISYA 8
©Okemaru
Originally published in Japan in 2023 by HOBBY JAPAN CO., Ltd.
Korean translation rights ©2023 by Somy Media, Inc.

꿈꾸는 남자는 현실주의자 8

2023년 08월 15일 1판 1쇄 발행

저　　자	오케마루
일러스트	사바미조레
옮 긴 이	박정철
발 행 인	유재옥
본 부 장	조병권
편 집 1 팀	김준균 김혜연
편 집 2 팀	박치우 정영길 정지원 조찬희
편 집 3 팀	오준영 이소의 이해빈
편 집 4 팀	박소연 전태영
디 지 털	김지연 박상섭 윤희진
라이츠담당	김정미 맹미영 이윤서
미　　술	김보라 박민솔
발 행 처	㈜소미미디어
인쇄제작처	㈜코리아피엔피
등　　록	제2015-000008호
주　　소	서울시 마포구 토정로222, 403호 (신수동, 한국출판콘텐츠센터)
판　　매	㈜소미미디어
영　　업	박종욱
마 케 팅	박수진 최원석 최정연 한민지
물　　류	백철기 허석용
전　　화	(02)567-3388, Fax (02)322-7665

ISBN 979-11-384-7975-2 04830
ISBN 979-11-6611-402-1 (세트)